CB048757

A menina invisível

e outras histórias de visagem

Mary Shelley

exemplar nº 329

trad. Emanuela Siqueira

2023

capa e projeto gráfico **Frede Tizzot**

encadernação **Lab. Gráfico Arte & Letra**

revisão **Paula Grinko Pezzini**

revisão da tradução **Alan Gimenez**

S 545
Shelley, Mary
A menina invisível e outras histórias de visagem / Mary Shelley; tradução de Emanuela Siqueira. – Curitiba : Arte & Letra, 2023.

120 p.

ISBN 978-65-87603-49-0

1. Ficção inglesa I. Siqueira, Emanuela II. Título
CDD 823

Índice para catálogo sistemático:
1. Ficção : Literatura inglesa 823
Catalogação na Fonte
Bibliotecária responsável: Ana Lúcia Merege - CRB-7 4667

Arte & Letra
Curitiba - PR - Brasil
Fone: (41) 3223-5302
www.arteeletra.com.br - contato@arteeletra.com.br

Sumário

Apresentação

"Cada um de nós vai escrever uma história de fantasmas", propôs o poeta inglês Lord Byron durante as famosas férias do casal Shelley, na noite de uma semana chuvosa de verão, em 1816. Dessa proposta, a escritora inglesa Mary Shelley (1797-1851), escreveu um dos romances mais importantes da literatura hegemônica, considerado um marco nas histórias de ficção científica: *Frankenstein,* publicado pela primeira vez em 1818.

A proposta de Byron era uma convocação para uma competição de escrita e a jovem Shelley foi a vencedora: sua história era a mais assustadora. Nas descrições da própria autora, a história do criador e da criatura era, sim, uma história de fantasmas. Afinal, a criatura de Victor Frankenstein é narrada como um corpo composto de pedaços de cadáveres, boa parte deles arrancados de seus túmulos em madrugadas sorrateiras. Portanto, um corpo feito de partes de outros não carregaria fardos fantasmagóricos? Ainda, Mary Shelley contava que a construção da criatura surgiu de uma noite insone que, mesmo com a cabeça sobre o travesseiro, era difícil dormir, e quando estava acordada era a sua imaginação que a possuía e guiava.

Frankenstein expõe questões éticas entre pessoa que cria e criatura e segue sendo amplamente debatido ao longo dos últimos 200 anos. Porém, neste volume de textos curtos, será possível pensar para além do livro mais famoso da autora e, também, conhecer mais como a proposta de Byron teve impacto naquele grupo. Escrever e contar histórias de fantasmas – ou na recorrência do português brasileiro: *histórias de visagens* – foi fundamental não só como procedimento de escrita para a Mary Shelley escritora; mas, também, antes disso, como leitora e ouvinte. Uma das histórias que é contada sobre a jovem Mary é sobre ela, escondida – era recomendado que estivesse dormindo –, escutando as leituras feitas em sua casa, como do longo poema *Rime of the Ancient Mariner* [Balada do velho Marinheiro], do poeta Samuel Taylor Coleridge, que versava o sobrenatural presente nas histórias de marinheiros.

A escritora soube aprimorar o próprio procedimento de escrita alinhavando o que ouvia e lia e, inclusive, ao que assistia no teatro contemporâneo. Como uma boa contadora de histórias, optava por técnicas narrativas que mantivessem a pessoa leitora, ou ouvinte, atenta à história mesmo que o desfecho já fosse imaginado. O que mais interessava nem era tanto para onde a história levaria, mas uma força que é da ordem da fofoca – apesar de não ser assim chamada quando contada por marinheiros ou outros homens que saíam em busca de aventuras continentais. Boa parte dos seus textos curtos é construída sobre um terreno repleto dos pormenores da narrativa, mostrando que são justamente as reviravoltas que dão ritmo à prosa.

Tanto o esforço em pensar um método narrativo que dialoga com as temáticas exploradas pelo Gótico de fim do século XVIII quanto O Romantismo Inglês – assim como a crítica que a sua geração opera – e, também, o melodrama sobrenatural/gótico que ocupava os teatros ingleses entre a década de 1820 e 1830 estão presentes aqui. Neste apanhado de quatro textos, nem todos são considerados "contos", apesar de cada um passar pela elaboração da contação de histórias tão cara às histórias sobrenaturais, fantasmagóricas, de visagens, enfim.

O primeiro, *Sobre Fantasmas*, publicado em 1824 na *London Magazine*, é um ensaio sobre o medo – que passeia pelas noções desse sentimento desde a Antiguidade – e como ele está presente nas histórias sobrenaturais, que, nesse caso, se resumem às histórias de visagens, de formas que não são mais humanas. A autora, em uma prática ensaística de se colocar no texto, diz que ela mesma nunca viu um fantasma, a não ser em um sonho, fazendo uma referência fantasmagórica ao seu primeiro romance. Depois de uma exposição sobre o que se acredita ser "o" *desconhecido*, como substantivo, e de como tememos, como humanidade – o que ainda tateamos sem entender plenamente –, o texto termina com duas histórias que são como espécies de "causos" contados por homens à voz narradora. São boas histórias que, apesar de levarem os nomes daqueles que as relataram, deixam uma sensação de que sempre estão sendo narradas por alguém, em algum canto do mundo.

Os textos que seguem o ensaio são contos, todos publicados na revista inglesa, de periodicidade anual (publicada nos Natais, especialmente): *The Keepsake* (1827-1858). A revista era uma publicação que saía majoritariamente na Inglaterra, com algumas edições na França, nos Estados Unidos e na Alemanha. Mary Shelley chegou a colaborar com até dois textos em uma mesma edição, assinando sob a interessante alcunha de "a autora de Frankenstein". A revista era voltada para jovens mulheres, de classe média, e era conhecida pela colaboração de nomes importantes da literatura e das ilustrações icônicas encomendadas especialmente para os textos.

O primeiro conto é *A Menina Invisível*, publicado em 1833, que junta elementos clássicos dos textos do gótico inglês, tais como ambientes em ruínas, uma pintura de mulher que enquadra a fantasmagoria de alguém que não se sabe se vive ou se já morreu, e a impossibilidade de um amor. Também conta com elementos caros à autora, como a orfandade de meninas e um protagonismo interessante – uma das maiores críticas ao *Frankenstein* – para a personagem da jovem envolvida entre o amor e a sobrevivência. Um dos pontos interessantes do conto é a narração que inicia com um tom de contação, justamente configurando as descrições de casebres, população ribeirinha e pessoas que não se sabe bem se são bruxas, *ghouls* ou apenas uma gente muito cruel.

Apostando na ambiguidade do que é *sobre-natural*, o conto seguinte trata de uma situação que atrai as histórias populares até hoje: a vida eterna. Em *O Imortal Mortal*, publicado em 1834, a voz narradora é o próprio fantasma de um humano que ele mesmo já foi. Ou melhor, ele deixa a pergunta: um humano que já vive há mais de três séculos ainda é um corpo com vida? Winzy – uma referência à palavra escocesa *winze*, para "maldição" – é um homem que, sob o amargor de um amor aparentemente traído, bebe um elixir que ludibria os olhos humanos com cores douradas. Aluno do alquimista Cornelius Agrippa, figura importante para o cientista de *Fran-*

kenstein, Winzy relata o lamento de ver suas expressões corporais não mudarem e perceber a eternidade como uma lúgubre solidão.

Por fim, *O Mau Olhado*, publicado em 1830, é um dos textos mais complexos de Mary Shelley por ser bastante representativo sobre seu imaginário contemporâneo. Ao narrar questões familiares sobre grupos que habitavam a região da Albânia – na época sob o domínio otomano –, a autora elabora uma intrincada teia de referências dos mundos grego e romano, deixando exposto que sua pesquisa parte também do que era produzido nas línguas que ela conhecia, como o francês e o italiano. Há muitas possibilidades de o texto ser lido sob a chave pós-colonial, assim como a de uma revisão e proliferação de mitos e histórias – como a ideia de um *mau olhado* – por várias culturas e temporalidades. Também é possível lê-lo apenas sob a chave do melodrama, um gênero que foi bastante explorado nessa mesma época no teatro inglês. Ainda, é muito empolgante chegar perto do final da história e perceber que está prestes a acontecer uma reviravolta inesperada.

Do ponto de vista da tradução, *O Mau Olhado* é rico em referências que muitas vezes não têm equivalente em português brasileiro, por isso muito da fantasmagoria está presente no estranhamento da leitura de termos que definem famílias, crenças e conflitos dentro de um imaginário próprio, que diz muito sobre as ficções criadas pelos processos históricos. Assim como nos outros textos, a narrativa detalhada, alternando com descrições minuciosas de ambientes e personalidades de personagens, pede atenção por parte de quem a traduz: é preciso operar – e não julgar com a cabeça de dois séculos no futuro – junto com a construção dramática, para que quem lê siga junto.

Por último, os textos deste livro colaboram para que quem os lê possa perceber Mary Shelley como uma escritora que está em uma importante transição de narrativas entre o que ainda restava de inexplicável do período iluminista e a caminhada – diria que quase em tempo real, pois ela acompanhava cada passo – em direção ao que se tornarão as narrativas de horror/terror e suspense, que, apesar de explorarem os medos e o *desconhecido* de suas épocas, ainda seguem estruturas que vêm de séculos atrás e que funcionam muito bem.

Uma pergunta que deve rondar – ou seria melhor usar a palavra *assombrar*? – depois da leitura destes textos: o que faz de algo/alguém um fantasma, uma visagem, uma visão sobrenatural ou uma maldição difícil de explicar? A morte ou a complexidade da vida? Boa parte das respostas imediatas que temos parte da formação fantasmagórica que construímos, principalmente com o cinema, durante o século XX. Porém, é preciso ler e deixar-se perder pelos medos destas personagens; provavelmente encontraremos muitos dos nossos próprios.

Emanuela Siqueira

Sobre fantasmas

publicado na London Magazine,
em março de 1824

Procuro fantasmas; mas nenhum com força
Até mim virá: falso é o dito
Que já houve cópula
Entre o morto e vivo;

– *Wordsworth*

Que diferente é o mundo que ocupamos daquele que nossos ancestrais habitaram! O mundo antediluviano, percorrido por mamutes, predado por megatérios e povoado pela estirpe dos Filhos de Deus, é melhor do que aquele de Homero, Heródoto e Platão; e mais ainda dos milharais cercados e colinas demarcadas dos dias atuais. O globo se encontrava rodeado por um muro que nada intimidava o corpo humano, detentor de pensamentos emplumados que subiam sobre o topo; nesse muro havia uma margem para um abismo profundo onde a imaginação humana, alada, mergulhou e voou de volta, trazendo para casa estranhas histórias aos seus fiéis ouvintes. Cavernas profundas abrigavam gigantes; nuvens em forma de pássaro lançavam suas sombras sobre as planícies; enquanto no mar, ao longe, havia as ilhas da felicidade, um paraíso da Atlântida, ou o Eldorado, brilhando com suas insólitas joias. Por onde andam? As Ilhas Afortunadas[1] perderam a glória que botou uma auréola ao seu redor; e aquele que julga estar mais perto da era dourada, só porque encosta nas Ilhas Canárias em sua jornada à Índia? Nosso único enigma é a ascensão do Níger; o interior de New Holland[2], nossa única terra incógnita; e a passagem do noroeste, nosso único mar incógnito. Mas estas são maravilhas domesticadas, como leões em rédea curta; não é com poderes divinos que financiamos Mungo Park[3] ou o capitão do Hecla; ninguém acredita que as águas do rio desconhecido borbulhem das fontes do inferno; não se supõe que

[1] Assim como as "ilhas da felicidade", essas "ilhas afortunadas" são parte das mitologias clássicas e se referem a lugares abençoados onde pessoas heroínas, e almas privilegiadas, eram recebidas por deuses após a morte. Uma das citações mais clássicas a esse lugar está em "Os Trabalhos e os Dias", do poeta grego Hesíodo, com várias traduções no português brasileiro.

[2] *New Holland* é o nome histórico que europeus deram para a Austrália e que a partir do século XVII aparecia em muitos mapas para nomear a "terra ao sul" ou "terra australis", a "non cognita" – como comenta Mary Shelley.

[3] Mungo Park (explorador escocês) e Capitão do Hecla se referem a exploradores marítimos europeus.

um poder oculto e sobrenatural guie os *icebergs*, nem fabulamos que um errante batedor de carteiras de Botany Bay[4] tenha encontrado os jardins das Hespérides dentro do percurso das Montanhas Azuis. Com o que nos resta sonhar? As nuvens não são mais as condutoras do sol, nem ele lança mais sua fronte resplandecente nas águas do banho de Tétis; o arco-íris deixou de ser o mensageiro dos Deuses; e o trovão, símbolo de suas vozes medonhas, não avisa mais a humanidade do que está por vir. Temos o sol que foi pesado e medido, mas não compreendido; temos a assembleia dos planetas, a congregação das estrelas e o ministério, ainda incólume, dos ventos – essa é a lista da nossa ignorância.

Nem mesmo o império da imaginação está menos limitado em suas próprias criações do que naquelas que lhe foram conferidas pelos olhos ingênuos de nossos antepassados. O que aconteceu com as feiticeiras, seus palácios de cristal e masmorras de nítida escuridão? E as fadas com suas varinhas? E as bruxas e seus familiares? E, por último, os fantasmas, com mãos que conjuram e formas fugazes, que dominaram o soldado corajoso e fizeram o assassino atônito revelar ao meio-dia o trabalho velado da

[4] Botany Bay e Montanhas Azuis se referem a regiões de Sydney, na Austrália.

meia-noite? Estas foram realidades para nossos antepassados, em uma época mais sábia...

> Ralando, distraído (...)
> Em poeira de nada[5]

No entanto, é verdade que não acreditamos em fantasmas? Várias histórias clássicas costumavam ser recontadas, plenas de autoridade, o suficiente para nos espantar quando as submetemos àquele lugar que "é como se nunca tivesse sido". Mas essas histórias já estão desatualizadas. O sonho de Brutus se tornou uma artimanha de sua cabeça quente, a visão de Lord Lyttelton[6] é tida como trapaceira; e, um a um, esses habitantes de casas vazias foram expulsos de seus lugares imemoriais, das clareiras ao luar, dos cumes de montanhas nebulosas e dos cemitérios de igrejas à meia-noite, e um breve estremecimento é sentido quando o rei morto da Dinamarca assombra e desestabiliza a razão de seu filho filosófico.

---

[5] Referência à peça "Troilo e Cressida", do dramaturgo inglês William Shakespeare, ato III, cena II. Aqui, em tradução de Barbara Heliodora, em *Shakespeare*: teatro completo volume 1 (2016), editora Nova Aguilar, p. 1597.

[6] Thomas Lyttelton foi um barão inglês do século XVIII que ficou conhecido por ter tido um sonho com um pássaro que entrava em sua janela, transformava-se em uma moça de branco e dizia para ele se preparar para a morte em três dias. Foi o que aconteceu.

Mas será que ninguém aqui acredita em fantasmas? Se essa pergunta for lida ao meio-dia, quando...

> Cada canto, recanto e buraco,
> É penetrado com luz insolente...[7]

é aqui que o escárnio se assenta nas feições de quem me lê. Mas que sejam doze as badaladas da meia-noite em uma casa vazia; suplico-lhe, tome a história da Freira Sangrenta; ou da Estátua, à qual o noivo deu o anel de casamento, e esta veio na calada da noite para reclamá-lo, alta e gélida; ou d'O Velho[8], que com uma silhueta sombria e lábios sem cor se ergueu sobre o sofá e beijou a testa de seus netos adormecidos, condenando-os à fadada morte; permita que todos esses detalhes sejam favorecidos pela solidão, pelas cortinas esvoaçantes, pelo vento impetuoso, por uma passagem extensa e sombria ou uma porta semiaberta [...] Ah, então, deveras, outra resposta pode ser dada, e há quem irá pedir licença para repousar sobre ela, antes de decidir se existe

---

[7] Referência à peça "O Cenci" (1819), de Percy Byshee Shelley.

[8] Em inglês *Bleeding Nun, Statue* e *Grandsire* se referem a histórias populares de personagens sobrenaturais que circulavam na literatura oral e, naquela época, apareciam frequentemente na literatura gótica, altamente consumida pelo público leitor.

algo como fantasmas no mundo, ou mesmo além dele, se essa linguagem for mais espiritual. Qual é o significado desse sentimento?

Quanto a mim, nunca vi um fantasma, exceto uma vez em um sonho. Temi aquilo durante meu sono; acordei tremendo, as luzes e o falatório de terceiros não conseguiam dissipar meu medo. Há alguns anos, perdi um amigo e meses depois visitei a casa onde o tinha visto pela última vez. Estava abandonada e, embora no meio de uma cidade, seus vastos salões e alojamentos espaçosos causavam a mesma sensação de solidão como se estivesse situada em um urzal desabitado. Caminhei pelos aposentos vagos até o anoitecer, e nada, além de mim, despertou os ecos dos assoalhos. As montanhas longínquas (visíveis das janelas superiores) tinham perdido seu tom de pôr-do-sol; a atmosfera tranquila ficava plúmbea à medida que as estrelas douradas apareciam no firmamento; nenhum vento perturbou o rio minguado, que rastejou preguiçosamente pelo canal mais profundo de seu leito largo e vazio; as badaladas da Ave Maria haviam cessado, assim como o sino sem movimento no campanário aberto: a beleza apostou em um mundo de quietude, e o espanto foi inspirado apenas por ela. Caminhei entre os cômodos preenchidos por um sentimento do mais pungente luto. Meu amigo esteve nessa casa; as paredes haviam aprisionado a sua estrutura viva, sua respiração se misturou àquela atmosfera, seu passo esteve sobre aquelas pedras, pensei: [...] o mundo é um sepulcro, o céu um jazigo espalhafatoso, e nós não passamos de cadáveres ambulantes. O vento que nasce no oriente percorre as vidraças abertas, fazendo-as vibrar; [...] pensei, ouvi, senti [...] não sei o quê [...] mas tremi. Se, por um momento, eu o tivesse visto, teria me ajoelhado até que o meu peso marcasse as pedras, disse a mim mesma. Porém, tremi, assombrada e assustada. Por quê? Há algo que nos escapa, algo que desconhecemos. Ao absorver o ar vaporoso, o sol cria um vão, e o vento se precipita para preenchê-lo – assim, para além da nossa ideia de alma, há um espaço vazio; como ventos suaves ou redemoinhos terríveis, nossas esperanças e medos ocupam o vácuo; e se deixarem de o fazer, irão conferir ao coração sensível uma crença de que as influências existem para nos vigiar e velar, mesmo que sejam impalpáveis para as aptidões mais grosseiras.

Ouvi dizer que, quando perguntado se acreditava em fantasmas, Coleridge respondeu que já tinha visto demais para acreditar. Essa resposta foi ecoada pela pessoa cuja imaginação é a mais vívida que eu já conheci. Mas não eram fantasmas autênticos (perdão, céticos, pelo meu discurso) que eles viam; eram sombras, devaneios inverossímeis; que, embora aterrorizassem os sentidos, não transmitiam nenhum outro sentimento à mente além de delírio, e eram visualizados como se fossem um engano óptico, que percebemos como verdadeiro com nossos olhos, mas que sabemos ser falsos em nossas compreensões. Refiro-me a outras formas: a noiva que volta, que reivindica a fidelidade de seu prometido; o homem morto que treme para causar arrependimento no coração do assassino; os fantasmas que balançam a cortina aos pés da cama quando toca o relógio; que se levantam, pálidos e sinistros, do adro da igreja e assombram suas antigas moradas; que, ao serem indagados, respondem; e cujo toque frio e sobrenatural faz com que nossos cabelos se arrepiem na cabeça; o verdadeiro, antiquado, premonitório, esvoaçante e flutuante fantasma – quem já viu um assim?

Conheci duas pessoas que, em plena luz do dia, deram garantias de acreditar em fantasmas, porque já os tinham visto. Uma delas era um homem inglês e, a outra, um italiano. O primeiro tinha perdido um amigo que amava muito, que por algum tempo lhe apareceu durante a noite, acariciando suavemente sua bochecha, espalhando serenidade sobre sua consciência. Ele não temia a aparição, embora estivesse um pouco assustado, pois toda noite ela flutuava para dentro de seu quarto, e

Ponsi del letto insula sponda manca [se colocava ao lado esquerdo da cama]

As visitas continuaram por várias semanas, até que por algum infortúnio ele mudou de residência e não viu mais a aparição. Essa história pode ser facilmente racionalizada – porém, muitos anos se passaram e ele, um homem de intelecto forte e viril, disse que "tinha visto um fantasma".

O segundo era um nobre, soldado, e de forma alguma dependente da superstição: desde jovem serviu nos exércitos de Napoleão, esteve na Rússia, lutou e sangrou, foi recompensado e, com profundo alívio e sem hesitação, recontou sua história.

Esse Cavaleiro, um rapaz italiano e (por algum incidente milagroso) galante, esteve envolvido em um duelo com um oficial confrade que feriu no braço. O assunto do duelo era frívolo e, assim sendo, aflito com suas consequências, ele visitou o adversário, que era mais jovem, durante uma subsequente enfermidade, de modo que, quando este último se recuperou, eles mantiveram uma sólida e estimada amizade. Ficaram acomodados juntos em

Milão, onde o jovem se apaixonou perdidamente pela esposa de um músico, a qual desdenhou dessa paixão, de maneira que isso se apoderou de seu espírito e de sua saúde; ele se privou de todas as diversões, evitou os confrades, e seu único consolo foi chorar todas as mágoas no ouvido do Cavaleiro, que em vão se empenhou em inspirá-lo: fosse na indiferença à aviltante ou ao inculcar lições de coragem e heroísmo. Como último recurso, exortou o jovem a pedir dispensa e a buscar, em uma mudança de cenário ou na diversão da caça, algum desvio para sua paixão. Certa noite o jovem veio até o Cavaleiro e disse:

– Ademais, eu solicitei a dispensa e vou tê-la amanhã cedo, então empreste-me sua espingarda e uns cartuchos, pois irei caçar por duas semanas.

O Cavaleiro lhe deu o que pediu; entre os projéteis, havia algumas balas de revólver.

– Vou levá-las também – disse o jovem – para me proteger contra o ataque de algum lobo, pois pretendo me embrenhar na floresta.

Embora tivesse conseguido o que queria, o jovem ainda se prolongava. Ele falou da crueldade de sua amada, lamentou que ela não lhe permitisse sequer uma visita desesperançosa e, até mesmo, de forma implacável, nem queria vê-lo:

– De modo que – disse ele – não tenho esperança a não ser no esquecimento. – Finalmente, ajeitou-se para partir. Pegou a mão do Cavaleiro e disse:

– Você a verá amanhã, falará com ela e ouvirá sua voz. Eu suplico que lhe diga que nossa conversa esta noite foi sobre ela e que seu nome foi o último a qual me referi.

– Sim, sim – bradou o Cavaleiro – direi o que quiser, mas você não deve falar mais dela, deve esquecê-la.

O jovem abraçou o amigo com carinho, mas este nada mais viu nisso do que a consequência do afeto, combinado com a melancolia de se ausentar da amada, cujo nome, unido a uma afetuosa despedida, foi o último som que ele proferiu.

Enquanto montava guarda naquela noite, o Cavaleiro ouviu o disparo de uma arma. Em um primeiro momento ficou perturbado e agitado, mas depois não pensou mais nisso, e quando terminou a guarda foi dormir, ainda que tenha passado uma noite inquieta e insone. Logo cedo bateram à sua porta. Era um soldado dizendo que tinha recebido a dispensa do jovem oficial e decidiu levá-la até a casa deste. Foi recebido por um criado e subiu as escadas; porém, a porta do quarto do rapaz estava trancada e ninguém respondia às batidas. Entretanto, algo escorria por debaixo da porta e parecia sangue. Agitado e assustado com o relato, o Cavaleiro correu para a casa do amigo, abriu a porta e o encontrou estirado no chão – ele tinha estourado os próprios miolos e o corpo jazia um tronco sem cabeça, frio e rígido.

O choque e o pesar que o Cavaleiro sofreu em consequência dessa catástrofe provocou uma febre que se prolongou por alguns dias. Quando melhorou, conseguiu uma dispensa e foi para o campo tentar se distrair. Uma noite, à luz da lua, quando voltava de um passeio, passou por uma trilha com uma sebe de ambos os lados, tão alta que não conseguia ver por cima dela. A noite estava agradável; os arbustos brilhavam com vaga-lumes, mais radiantes do que as estrelas que a lua havia coberto com sua luz prateada. De repente, ouviu um sussurro perto de si, e o vulto de seu amigo saiu da sebe e ficou diante dele, mutilado como fora encontrado após a morte. Ele viu esse vulto várias vezes, sempre no mesmo lugar. Era impalpável ao toque, imóvel, exceto em sua investida, e não demonstrava nenhuma reação quando abordado. Certa vez, o Cavaleiro levou um amigo até o local. O mesmo sussurro foi ouvido, o mesmo vulto emergiu; seu acompanhante fugiu horrorizado. Mas o Cavaleiro permaneceu, esforçando-se em vão para descobrir o que convocou o amigo de seu túmulo tranquilo e se qualquer ação sua pudesse dar descanso ao vulto inquieto.

Essas são as minhas duas histórias e eu as registro de boa vontade, já que ocorreram com homens distintos, um pela coragem e a outro pela sagacidade. Vou concluir meus "episódios modernos" com uma história contada por M. G. Lewis[9], provavelmente não tão autêntica quanto essas, mas talvez mais divertida. Conto-a o mais próximo possível de suas próprias palavras.

"Um cavalheiro que viajava em direção à casa de um amigo, que vivia nas margens de uma vasta floresta no leste da Alemanha, acabou se perdendo. Vagou por algum tempo entre as árvores quando viu uma luz à distância. Ao se aproximar, ficou surpreso quando observou que a luz provinha do interior de um mosteiro em ruínas. Antes de bater no portão, achou apropriado olhar pela janela. Viu uma quantidade de gatos reunidos ao redor de uma pequena cova; quatro deles estavam, naquele momento, descendo um caixão com uma coroa em cima. O cavalheiro se assustou com essa visão incomum e, imaginando que havia chegado aos refúgios de demônios ou bruxas, montou seu cavalo e cavalgou em velo-

[9] Matthew Gregory Lewis (1775-1818) foi um romancista e dramaturgo inglês, conhecido por seus textos associados à literatura gótica.

cidade máxima. Chegou na casa do amigo em um horário tardio e este se encontrava esperando por ele. Ao chegar, foi questionado pelo amigo sobre o motivo dos traços visíveis de agitação em seu rosto. Após muito hesitar, começou a recontar suas aventuras, sabendo que dificilmente o amigo demonstraria fé em suas referências. Assim que mencionou o caixão com a coroa, o gato de seu amigo, que parecia estar dormindo diante da lareira, saltou, clamando: 'Então eu sou o rei dos gatos'; depois escalou a chaminé e nunca mais foi visto".

A menina invisível

Esta narrativa esguia não tem pretensões à regularidade de uma história, nem ao desenvolvimento de situações e sentimentos; é apenas um breve esboço, entregue quase como me foi narrado por uma das mais humildes personagens envolvidas. Ao invés de prolongar uma circunstância interessante, sobretudo a partir da sua veracidade e singularidade, vou narrar, tão concisamente quanto possível, como fiquei surpreendida ao visitar o que parecia uma torre em ruínas, coroando uma elevação sombria que pairava sobre o mar, fluindo entre o País de Gales e a Irlanda, e descobrir que, embora o exterior preservasse toda a rudeza selvagem, que indicava muitas lutas com os elementos da natureza, o interior foi de certa forma montado como disfarce de uma casa de veraneio, pois era muito pequeno para merecer qualquer outro nome. O lugar consistia apenas no piso térreo, que servia de entrada, e uma sala na parte superior, acessível por uma escadaria feita a partir da espessura da parede. Esse cômodo foi pavimentado, atapetado e decorado com mobiliário elegante. Além disso, para atrair a atenção e despertar a curiosidade – já que, a fim de protegê-lo da umidade, uma lareira foi construída, assumindo um disfarce incomparável ao seu objetivo original –, pairava sobre a chaminé um quadro pintado em aquarela, que parecia, mais do que qualquer parte dos adornos da sala, estar em guerra com a rudeza do local, a solidão na qual foi colocado e a desolação da paisagem circundante.

O quadro retratava uma bela jovem no puro orgulho e florescer da juventude: seu traje era simples, à moda da época – você que está lendo, lembre-se, escrevo no início do século XVIII –, e o semblante embelezado por um olhar misturado de inocência e inteligência, ao qual foi acrescentada a marca de uma alma serena e alegria natural. A menina lia um daqueles romances populares que há muito são o deleite de entusiastas e jovens; seu bandolim estava aos seus pés e, perto dela, um papagaio empoleirado em um enorme espelho; o arranjo dos móveis e penduricalhos dava a ideia de uma moradia luxuosa, e sua vestimenta também evidenciava a privacidade e o caseiro, mas trazia consigo uma aparência de serenidade e ornamento feminino, como se ela quisesse agradar. Na parte inferior do quadro estava inscrito, em letras douradas: "A Menina Invisível".

Perambulando por um território quase desabitado, perdida e surpreendida por um aguaceiro, vislumbrei esse triste cortiço, que parecia balançar na ventania e estar pendurado ali como o verdadeiro símbolo da desolação. Eu olhava com tristeza e, internamente, praguejava aos astros que me conduziram a ruínas que não tinham condições de fornecer um abrigo. Não suficiente, a tempestade começou a se precipitar de forma mais rigorosa do que antes, quando vi a cabeça de uma mulher idosa saindo de uma espécie de buraco – e tão repentinamente recolhida. Um minuto depois, uma voz feminina me chamou do interior do local e, penetrando um pequeno labirinto de espinhos que exibia uma porta – que eu não havia observado antes, pois tão habilmente o jardineiro conseguiu esconder arte com natureza –, encontrei a boa senhora de pé na soleira, me convidando a me refugiar lá dentro.

– Acabei de sair do casebre ao lado – disse ela – para cuidar das coisas, como faço todos os dias, quando a chuva começou... vai seguir até que termine?

Eu estava prestes a constatar que o casebre ao lado, na peripécia de algumas gotas de chuva, era melhor do que uma torre em ruínas e, quando ia perguntar à minha gentil anfitriã se "as coisas" que ela veio cuidar eram pombos ou corvos, o carpete do chão e o tapete da escada captaram o meu olhar. Fiquei ainda mais surpresa quando vi o cômodo superior e, acima de tudo, o quadro e sua inscrição singular, nomeando como invisível o retrato que havia sido pintado com uma visibilidade satisfatória, despertaram a minha mais vigorosa curiosidade. O resultado disso, de minha excessiva cortesia para com a senhora, assim como sua loquacidade natural, foi uma espécie de narrativa distorcida, lançada pela minha imaginação, e que foi retificada em investigações futuras, até que assumiu a forma que se segue.

Alguns anos antes, em uma tarde de setembro que, embora de céu razoavelmente aberto, deu muitos sinais de uma noite tempestuosa, um cavalheiro chegou a uma pequena cidade costeira, cerca de dezesseis quilômetros desse lugar. Ele manifestou seu desejo em alugar um barco para levá-lo até a cidade que ficava a uns vinte e quatro quilômetros afastada da costa. As ameaças que o céu impunha fizeram os pescadores abominarem a empreitada, até que dois, sendo um deles pai de uma família numerosa, subornado pela generosa recompensa prometida pelo estranho; e, o outro, filho da minha anfitriã, induzido pela ousadia juvenil, concordaram em realizar a viagem. O vento estava bom e eles esperavam fazer uma boa parte do caminho antes do anoitecer, chegando ao porto antes da tempestade. Partiram animados – pelo menos os pescadores. Quanto ao forasteiro, o luto profundo que ele carregava não era tão sombrio quanto a melancolia que lhe envolvia a mente. Parecia que ele nunca havia sorrido – como se algum pensamento inefável, escuro como a noite e amargo como a morte, tivesse construído um ninho dentro de seu peito e ali se mantido. Ele não mencionou seu nome, mas um dos aldeões o reconheceu como Henry Vernon, o filho de um baronete que possuía uma mansão a cerca de quinze quilômetros de distância da cidade a qual ele estava destinado. A mansão foi praticamente abandonada pela família, mas Henry, em um ímpeto romântico, visitou-a por volta de três anos antes, assim como Sir Peter havia estado lá durante a primavera anterior por quase dois meses.

O barco não avançou tanto quanto se esperava. A brisa abandonou os pescadores quando saíram para o mar e tiveram que se virar com o remo e com a vela, tentando atravessar o cabo que se projetava entre eles e o lugar que desejavam alcançar. Estavam, ainda, muito distantes quando o vento que se movia começou a exercer sua força, soprando lufadas desiguais, porém violentas. Um breu tomou conta e as ondas uivantes subiram e se quebraram com uma força assustadora, ameaçando a embarcação minúscula que ousava resistir a essa fúria. Foram forçados a baixar todas as velas e pegar nos remos; um homem foi obrigado a remover a água e o próprio Vernon remou com uma energia desesperada, igualando o vigor de barqueiros mais experientes. Havia um grande falatório entre os marinheiros antes da tempestade. Agora, exceto um ou outro comando, todos estavam em silêncio. Um pensava na esposa e nos filhos, praguejando silenciosamente o capricho do forasteiro que colocou em perigo não apenas sua vida, mas seu bem-estar; outro temia menos, pois era um rapaz ousado, que trabalhou duro e não tinha tempo para falar; enquanto Vernon lamentava amargamente a imprudência que o obrigou a fazer com que outros compartilhassem um perigo, para ele mesmo sem importância, agora tentava estimulá-los com uma voz cheia de animação e coragem, puxando ainda mais forte o remo que segurava. A única pessoa que não parecia estar totalmente concentrada no trabalho que estava fazendo era o homem que retirou a água. De vez em quando ele olhava atentamente em volta, como se o mar detivesse ao longe, em agitados detritos, algum objeto que ele apertava os olhos para discernir. Mas só havia o vazio, exceto quando as cristas das ondas altas se mostravam ou, mais ao longe, à beira do horizonte, uma espécie de levantamento das nuvens indicava maior violência para a rebentação. Por fim, disse:

– Sim, estou vendo! O remo de bombordo! Agora! Se conseguirmos chegar até aquela luz, estaremos salvos! – de forma instintiva, os remadores se viraram, mas a resposta que tiveram foi a escuridão melancólica.

– Vocês não conseguem ver – gritou seu colega – mas estamos perto. E, por favor, Deus, sobreviveremos a esta noite. – Prontamente tirou o remo da mão de Vernon, que, muito exausto, estava vacilando nas braçadas. Ele se levantou e procurou a luz que lhes prometia segurança. Brilhou como um feixe tão enfraquecido que o fez dizer: "estou vendo"; e, outra vez, "não é nada". Ainda assim, enquanto abriam caminho, a luz se aproximava de sua visão, intensificando-se mais firme e nitidamente à medida que se transportava através das águas pálidas, que por sua vez ficavam mais suaves, de modo que a segurança parecia surgir do âmago do oceano sob a influência daquele brilho cintilante.

– Que farol é aquele que surgiu para nos salvar? – perguntou Vernon, enquanto os homens, já capazes de manejar seus remos com maior facilidade, recuperavam o fôlego para responder à sua pergunta.

– Uma história de fantasia, acredito – respondeu o marinheiro mais velho – embora não menos real: ele brilha de uma velha torre tombada, construída no topo de uma rocha que contempla o mar. Nunca o tínhamos visto antes deste verão, mas agora aparece todas as noites, pelo menos quando se procura por ele, pois não conseguimos avistá-lo de nossa aldeia. É um lugar tão fora de rota que ninguém precisa se aproximar dali, exceto em uma situação como essa. Algumas pessoas dizem que foi incendiado por bruxas, outras dizem que por contrabandistas, mas de uma coisa eu sei: dois grupos foram averiguar e não encontraram coisa alguma além das paredes expostas da torre.

Tudo é ermo de dia e escuro à noite. Nenhuma luz foi vista enquanto estivemos lá, embora tenha brilhado o suficiente quando estávamos no mar.

– Ouvi dizer – comentou o marinheiro mais jovem – que é iluminado pelo fantasma de uma donzela que perdeu seu amado por estas bandas. Ele naufragou e seu corpo foi encontrado aos pés da torre. Entre nós ela é conhecida como "A Menina Invisível".

Agora, os viajantes tinham alcançado o local de desembarque. Vernon lançou um olhar para o alto: a luz ainda ardia. Com certa dificuldade, lutando com as ondas e cegados pela noite, esforçaram-se para levar sua pequena embarcação até a praia e içá-la. Em seguida, escalaram uma passagem íngreme, coberta de ervas daninhas e madeira e, guiados pelos pescadores mais experientes, encontraram a entrada da torre. Não havia nenhuma porta ou portão, tudo era sombrio como uma tumba, silencioso e quase tão gélido quanto a morte.

– Não sei se isso vai dar certo – disse Vernon –, certamente nossa anfitriã mostrará sua luz, se não a si própria, e guiará nossos passos vagos por algum indício de vida e conforto.

– Chegaremos à sala superior – disse o marinheiro – se eu conseguir passar pelos degraus quebrados, mas eu garanto: encontrará nenhum vestígio da Menina Invisível, nem da sua luz.

– Uma verdadeira aventura romântica, daquelas mais desagradáveis – murmurou Vernon, enquanto tropeçava no terreno irregular – deve ser feia e velha, essa do farol-luz, ou não seria tão rabugenta e hostil.

Depois de ganharem marcas e contusões de mergulho, os aventureiros conseguiram alcançar, com considerável dificuldade, o topo da trajetória. Porém, tudo estava exposto e ermo. Exaustos, tanto de corpo quanto de mente, foram compelidos a se estirar no chão duro e adormecer os sentidos.

Longo e sonoro foi o cochilo dos marinheiros. Vernon esqueceu de si mesmo por pelo menos uma hora; então, livrando-se da sonolência e percebendo o seu leito tosco e impróprio para repouso, se levantou e se colocou na abertura que servia como uma janela, sem vidro algum e, não havendo nem mesmo um assento áspero, se encostou no vão, sendo o único apoio que conseguiu encontrar. Havia esquecido do perigo, do farol misterioso e da guardiã invisível: seus pensamentos estavam ocupados com os horrores de sua própria sina e o sofrimento indescritível que se abatia como uma maré escura em seu coração.

Seria necessário um tomo grande para descrever as causas que haviam transformado o outrora feliz Vernon no mais lamentável dos enlutados que já se agarrou às armadilhas exteriores da dor, como os pequenos símbolos, embora estimados, da tristeza que sentia. Henry era o único filho de Sir Peter Vernon, mimado pela idolatria paterna tanto quanto permitia o temperamento violento e tirânico do velho baronete. Uma jovem órfã foi educada na casa de seu pai, tratada com a mesma generosidade e bondade e, ainda, tinha uma profunda admiração pela autoridade de Sir Peter, que era viúvo. Essas duas crianças eram tudo o que ele tinha, seja para aprofundar seu afeto, seja para exercer seu poder sobre elas.

Rosina era uma menina alegre, um pouco tímida e cuidadosa em não desagradar o protetor; mas muito tranquila, bondosa e afetuosa, que sentia ainda menos do que Henry o espírito destoante de seu pai. É uma história contada com frequência: ambos desenvolveram uma amizade e companhia de brincadeiras na infância e foram amantes posteriormente. Rosina ficou temerosa ao imaginar que esse afeto secreto e os votos que fizeram entre si poderiam ser desaprovados por Sir Peter. Mas, às vezes, era consolada pelo pensamento de que talvez, na realidade, ela fosse a noiva destinada de seu Henry; que cresceu com ele, com essa união desenhada em seu futuro.

Henry, embora sentisse que não era este o caso, resolveu esperar apenas até que tivesse idade para declarar e realizar seus desejos de tornar a carinhosa Rosina em sua esposa. Enquanto isso, ele teve o cuidado de evitar a descoberta prematura de suas intenções, de modo a assegurar sua amada menina de perseguições e insultos.

O velho cavalheiro era, de forma conveniente, muito desinteressado. Estava sempre no campo, enquanto os amantes passavam suas vidas juntos, sem autoridades e censuras. Bastava que, todos os dias, após o jantar, Rosina tocasse o bandolim e cantasse para Sir Peter dormir; ela era a única mulher na casa, além das criadas, e dispunha o tempo do seu próprio jeito. Mesmo quando Sir Peter franzia o cenho, a voz doce e seus carinhos inocentes foram poderosos para suavizar o temperamento desagradável do homem. Se alguma vez o espírito humano viveu em um paraíso terrestre, Rosina também viveu nessa época. Seu amor puro encontrou a felicidade na presença constante de Henry: a confiança que sentiam um no outro e a segurança com que olhavam para o futuro tornaram seu caminho cheio de flores sob um céu sem nuvens. Sir Peter foi um leve obstáculo que só tornou o seu tête-à-tête ainda mais delicioso, valorizando a simpatia que um dedicava ao outro.

De repente, uma personagem sinistra apareceu na casa dos Vernon na forma de uma irmã viúva de Sir Peter, que, tendo conseguido matar marido e filhos com os efeitos de seu temperamento vil, veio sob o teto de seu irmão, como uma harpia, ávida por novas presas. Ela prontamente detectou a ligação do par insuspeito. Com toda pressa, a mulher transmitiu sua descoberta ao irmão e, de imediato, reteve e inflamou a fúria desse homem. Graças a esse plano, Henry foi repentinamente despachado para viagens ao exterior, assim o terreno ficaria livre para a perseguição à Rosina, que foi forçada a se casar com o mais rico de seus admiradores, aquele que, durante o domínio de Sir Peter, pôde – quase que por decreto! – ser dispensado pela adorável menina, tão desejoso ele estava de tomá-la para si. As cenas de violência às quais estava sendo exposta, as amargas provocações da detestável Sra. Bainbridge e a fúria imprudente de Sir Peter foram as mais assustadoras e devastadoras de sua mocidade. Todos achavam que ela só poderia se opor de forma silenciosa, chorosa, mesmo que resignada: nenhuma ameaça ou fúria tiraria dela mais do que uma oração comovente que não provocaria ódio, pois ela não se submeteria.

– Deve haver algo que não estamos enxergando – disse a Sra. Bainbridge – acredite em mim, irmão, ela se corresponde secretamente com Henry. Vamos levá-la para a casa de Gales, onde ela não terá esmoleiros para ajudá-la. Veremos se sua alma não se inclina ao nosso desígnio.

Sir Peter autorizou e os três rapidamente se mudaram para o condado, acomodando-se na casa solitária e de aspecto sombrio antes de fazerem alusão de que pertencia à família. Nesse lugar, o sofrimento da infeliz Rosina se tornou insuportável. Antes, ela não se desesperava em vencer com sua paciência a crueldade de seus perseguidores, pois estava rodeada por cenários conhecidos e em contato permanente com rostos amáveis e familiares. Não tinha escrito a Henry, pois seu nome não havia sido mencionado por ninguém, muito menos o seu vínculo. Sentia um instintivo anseio de escapar dos perigos que corria sem que ele se aborrecesse, ou o segredo sagrado de seu amor fosse descoberto e injustiçado pelo abuso grosseiro da tia ou pelos praguejos amargos do pai. Porém, quando Rosina foi levada para Gales – e feita de prisioneira na casa –, quando as montanhas pedregosas que a cercavam pareciam incapazes de imitar os duros corações que ela tinha que enfrentar, sua coragem começou a vacilar. A única acompanhante autorizada a se aproximar dela foi a criada da Sra. Bainbridge. Sob a tutela da maligna patroa, essa mulher era usada de chamariz para a pobre prisioneira confiar e depois ser traída. A singela e bondosa Rosina foi fácil de ludibriar e, finalmente, no limite de seu desespero, escreveu para Henry e entregou a carta para essa mulher encaminhar. A carta em si teria amolecido um pedaço de mármore: não falava de seus votos recíprocos, mas pedia a ele que intercedesse junto ao pai, que a restituísse ao lugar gentil que antes ocupava em seus afetos e que cessassem as crueldades que a destruiriam.

– Pois que eu morra – escreveu a desafortunada menina – mas casar com outro, nunca!

Essa única palavra, de fato, tinha bastado para trair o segredo, caso ainda não tivesse sido revelado. E assim se seguiu, isso aumentou a fúria de Sir Peter, como sua irmã lhe indicou de forma triunfante, pois não é preciso dizer que, enquanto a tinta do endereço estava fresca, e o selo ainda quente, a carta de Rosina foi levada para essa mulher. A acusada foi convocada perante eles, e o que se seguiu ninguém podia dizer. Em nome de si mesmos, a dupla cruel tentou aliviar a sua parte. Vozes foram levantadas e o murmúrio suave do tom de Rosina se perdeu no uivo de Sir Peter e no rosnar da irmã.

– Vá embora – rugia o velho – não passará outra noite debaixo do meu teto. – Palavras como "sedutora infame", que nunca haviam passado pelos ouvidos da pobre menina, mais gravemente foram ouvidas pelas pessoas que trabalhavam na casa. A cada discurso irado do baronete, a Sra. Bainbridge acrescentava um ponto envenenado pior do que o outro.

Mais morta do que viva, Rosina foi finalmente descartada. Deixou a casa, ninguém sabia se guiada pelo desespero, se tomou literalmente as ameaças de Sir Peter ou se as ordens da irmã dele foram mais decisivas. Uma criada a viu atravessar o parque, chorando e segurando as mãos enquanto seguia. O que aconteceu com ela ninguém pôde adivinhar. Seu desaparecimento só foi comunicado a Sir Peter no dia seguinte e, a essa altura, ele demonstrou ansiedade em seguir seus passos e encontrá-la, que suas palavras haviam sido apenas vãs ameaças. A verdade era que, embora Sir Peter tivesse se esforçado ao máximo para impedir o casamento de seu herdeiro com a órfã sem dote – objeto de sua caridade –, ainda assim, em seu coração, ele amava Rosina, e parte da violência contra ela emergiu da raiva contra si mesmo por tratá-la tão mal. O remorso surgiu como ferroadas, enquanto informante após informante voltava sem notícias da sua vítima. Ele não ousava confessar seus piores medos nem para si mesmo. Foi então que sua irmã desumana, tentando endurecê-lo com palavras raivosas, gritou:

– A vil petulante sumiu por vingança a nós.

O seu silêncio foi ordenado pelo praguejo mais feroz e um olhar suficiente para fazer até ela tremer. No entanto, seus pressentimentos pareciam verdadeiros demais: um riacho escuro e impetuoso que corria na extremidade do parque tinha, sem dúvidas, recebido a adorável figura e extinguiu a vida dessa infeliz menina. Sir Peter, quando seus esforços para encontrá-la se revelaram infrutíferos, voltou à cidade, assombrado pela imagem da vítima e forçado a reconhecer em seu próprio coração que desejaria dar a própria vida para poder vê-la novamente, mesmo que fosse como a noiva de seu filho. Filho este que, anteriormente, o fez tremer como o maior dos covardes ao interrogá-lo. Quando Henry foi informado da morte de Rosina, de súbito ele retornou do exterior para questionar a causa, visitar seu túmulo e, nos pomares e vales que haviam sido as cenas de sua felicidade mútua, lamentar sua perda. Ele fez mil perguntas, e apenas um silêncio sinistro o respondeu. Ficando cada vez mais sério e ansioso, ele arrancou toda a terrível verdade dos criados e serventes, assim como de sua tia odiosa. A partir de então, o desespero o golpeou e a palavra "miséria" era o seu próprio nome. Henry fugiu da presença do pai, mas a lembrança de que aquele a quem deveria reverenciar era o culpado de um crime tão tenebroso o assombrava, assim como na Antiguidade as Eumênides atormentavam as almas dos homens entregues a suas torturas.

Seu primeiro e único desejo foi visitar o País de Gales e saber se havia alguma nova descoberta, se era possível recuperar os restos mortais da Rosina perdida e acalmar os anseios inquietos de seu coração miserável. Quando apareceu na aldeia, mesmo sem ser nomeado, já estava atado a essa jornada. Agora, na torre deserta, seus pensamentos estavam ocupados por imagens de desespero e morte, situações que sua amada tinha sofrido antes que sua índole gentil tivesse sido submetida a tal ato de desgraça.

Enquanto estava mergulhado em um devaneio melancólico, ao qual o rugido monótono do mar fez um adequado acompanhamento, as horas voaram e Vernon ficou a par de que a luz da manhã rastejava de seu recanto oriental e formava a aurora sobre o oceano selvagem que ainda quebrava na forma de um furioso tumulto na praia rochosa. Nesse momento, seus companheiros se animavam e se preparavam para partir. A comida que trouxeram foi atingida pela água do mar e a fome, depois de muito trabalho e longas horas de jejum, havia se tornado voraz. Era impossível colocar no mar o barco despedaçado, mas havia um refúgio de pescador a cerca de três quilômetros de distância, em um recuo na baía, onde a elevação em que se situava a torre formava um dos lados e, por conta disso, se apressaram em reparar a embarcação; não pensaram duas vezes na luz que os salvou, nem na sua causa, e deixaram as ruínas em busca de um abrigo mais hospitaleiro. Vernon passou os olhos rapidamente e não captou nenhum vestígio de habitante; começou a se convencer de que o farol tinha sido uma mera criação de fantasia. Chegando ao refúgio, onde viviam um pescador e sua família, os marinheiros prepararam um café da manhã caseiro e depois se organizaram para retornar à torre, reparar o barco e, se possível, trazê-

-lo de volta. Vernon os acompanhou, junto com o anfitrião e seu filho. Surgiram várias perguntas sobre a Menina Invisível e sua luz, todos concordando que a aparição era novidade, ninguém sabia nem mesmo explicar como o nome foi ligado à causa desconhecida dessa aparição singular – embora os dois homens do refúgio terem afirmado que viram, uma ou duas vezes, uma figura de mulher no bosque vizinho. Também, de vez em quando, uma menina estranha aparecia, do outro lado da elevação, comprando pão em outro casebre a um pouco mais de um quilômetro de distância. Eles suspeitavam que todas eram a mesma pessoa, mas não sabiam ao certo. Na verdade, os moradores daquele refúgio pareciam muito desinteressados, até mesmo para sentir curiosidade, e nunca tentaram fazer nenhuma descoberta.

O dia transcorreu com os marinheiros fazendo o conserto do barco. O som dos martelos e as vozes dos homens no trabalho ressoavam ao longo da costa, misturadas com o bater das ondas. Não era o momento de explorar a ruína de alguém que se afastou, de forma tão evidente, das relações com qualquer ser vivo, seja humano ou sobrenatural. Vernon, entretanto, foi até a torre e procurou cada recanto em vão; as paredes sujas e vazias não tinham nenhum sinal de terem servido de abrigo. Até mesmo um pequeno esconderijo na parede da escada, que ele não tinha visto antes, estava também vazio e desolado.

Saindo da torre, ele vagou pela floresta de pinheiros que a cercava e, desistindo de resolver o mistério, logo foi absorvido por pensamentos que tocaram mais de perto o seu coração. De repente apareceu no chão, aos seus pés, a ilusão de uma sapatilha muito pequena, como não se via desde Cinderela. Por mais simples que um calçado possa se expressar, este trazia uma história de elegância, beleza e juventude. Vernon o apanhou. Muitas vezes ele admirou o pé singularmente pequeno de Rosina, e a primeira coisa que pensou foi se esse calçado pequenino teria se ajustado nele.

– Que curioso! Deve pertencer à Menina Invisível. – Tinha, também, um formato mágico que incitava aquela luz, uma forma de substância bem material, de um pé que havia calçado; e, ainda assim, como?... por uma pessoa miúda, de formato delicado, que parecia exatamente com os calçados que Rosina usava!

Mais uma vez a imagem da amada morta veio até ele com força; milhares de associações encheram o coração de Vernon, como o sentimento de lar, a infantilidade mesmo que doce e a trivialidade da pessoa amada, a ponto de ele se jogar ao chão e chorar da forma mais amarga possível o miserável destino da doce órfã.

Ao anoitecer, os homens largaram o trabalho e Vernon voltou com eles para o casebre em que iriam dormir. A intenção era de prosseguir viagem na manhã seguinte, se o clima permitisse.

Vernon não disse nada sobre a sapatilha, somente voltou com seus companheiros rústicos. Com frequência ele olhava para trás, mas a torre surgia sombria sobre as ondas turvas e nenhuma luz apareceu. O casebre foi preparado para a acomodação dos homens e a única cama do lugar foi oferecida a Vernon. Contudo, ele se recusou a privar sua anfitriã e estendeu seu manto sobre um monte de folhas secas, esforçando-se para se deixar entregar ao repouso. Dormiu por algumas horas e, quando acordou, tudo estava quieto, exceto pela respiração profunda dos que dormiam no mesmo quarto, que interrompia o silêncio. Ele se levantou e foi para a janela, olhou o mar, agora calmo, em direção à mística torre; ali a luz ardia, enviando seus raios esguios através das ondas. Ao se congratular por uma circunstância que não havia previsto, Vernon saiu tranquilamente do casebre e, enrolado em seu manto, caminhou a passos largos em torno da baía, indo em direção à torre.

Ele chegou lá e a luz ainda ardia. Seria apenas um ato de gentileza: entrar e devolver o sapato à moça. Vernon pretendia fazer isso com tanta cautela que pegaria a dona do pé desprevenida, antes da sua corriqueira arte de sumir na frente dos olhos. Mas, por azar, enquanto subia pelo caminho estreito, seu pé deslocou um fragmento solto, que caiu e ressoou pelo precipício. Ele agilizou o passo para recuperar rapidamente a margem que havia perdido com o acidente azarado. Chegou à porta. Adentrou: tudo estava em silêncio, mas também escuro. Ele fez uma parada no salão inferior e teve certeza de que um leve som chegou aos seus ouvidos. Subiu os degraus e entrou no cômodo superior, mas seu olhar penetrante encontrou a escuridão vazia e a noite sem estrelas não admitia nem mesmo um crepúsculo através da única fenda. Fechou os olhos para tentar, ao reabri-los, capturar algum raio tênue e errante sobre o nervo visual. Mas foi em vão. Tateou ao redor da sala, parou e prendeu a respiração. Então, ouvindo atentamente, teve certeza de que outro alguém ocupava o cômodo com ele, e a atmosfera estava levemente agitada pela respiração desse alguém. Ele se lembrou do recuo na escadaria. Mas, antes de se aproximar, falou, hesitando por um momento:

– Devo acreditar – disse – que só uma desgraça pode ser causadora da sua reclusão. Talvez a ajuda de um homem, de um cavalheiro...

Foi interrompido por uma exclamação. Uma voz tumular disse o seu nome com o exato sotaque de Rosina:

– Henry!... É mesmo Henry quem eu ouço?

Ele avançou, guiado pelo som, e apertou nos braços a forma viva de sua própria garota funesta – chamou-a de *minha Menina Invisível*. Ainda que, sentindo o coração dela bater perto do seu, enquanto a abraçava, sustentando-a enquanto quase afundava no chão com agitação, ele não conseguia enxergá-la. Já que os soluços dela impediam a fala, um instinto, sem sentido, mas que enchia o coração dele com uma alegria agitada, dizia que a forma esguia e delgada, que ele pressionava com tanto carinho, era a sombra viva da bela Hebe[1] que ele havia venerado.

A manhã assistiu a esse casal, estranhamente restabelecido um ao outro no mar tranquilo, navegando com um vento suave para L..., de onde deveriam prosseguir para a sede de Sir Peter, lugar que, três meses antes, Rosina havia abandonado, em situação de agonia e terror. A luz da manhã desvaneceu as sombras que velavam a sua aparência e exibiu a bela pessoa da Menina Invisível. Ainda que transformada pelo sofrimento e pela tristeza, o sorriso doce reproduzido nos lábios e a luz terna dos

---

[1] Na mitologia grega, Hebe é a deusa da juventude, filha de Zeus e Hera.

olhos azuis suaves eram dela mesma. Vernon pegou a sapatilha e impôs a causa que o tinha levado a empreender a descoberta da pessoa que guardava o farol místico. Nem agora ele ousava perguntar como ela havia sobrevivido naquele lugar desolado; ou os motivos que a fizeram escapar, de forma tão diligente, da vigilância, quando o ideal seria tê-lo procurado imediatamente. Pois, sob seus cuidados amorosos, não se podia temer perigo algum. No entanto, Rosina se retraiu enquanto ele falava, uma palidez de defunta surgiu em seu rosto, enquanto ela sussurrava vagamente:

– Os praguejos de seu pai... as terríveis ameaças dele!

Era evidente que a violência de Sir Peter e a crueldade da Sra. Bainbridge tinham causado em Rosina um terror selvagem e implacável.

Ela fugiu sem nenhum plano ou qualquer tipo de cuidado, movida pelo horror frenético e o medo avassalador. Foi embora quase sem nenhum dinheiro, sem a menor possibilidade de voltar ou mesmo de seguir em frente. Não tinha amigos no mundo, exceto Henry. Para onde iria? Para onde poderia ir? Se fosse procurar Henry, teria selado seus destinos à desgraça, pois, em promessa, Sir Peter declarou que preferia ver os dois mortos do que casados. Depois de vaguear, escondida de dia e só se aventurando à noite, Rosina chegou a esta torre deserta, que parecia um bom refúgio. Ela mal conseguia relatar como tinha vivido desde então. Perambulava pela floresta durante o dia ou dormia no depósito da torre, um esconderijo que ninguém conhecia ou ainda não tinha descoberto: à noite ela fazia uma fogueira com grimpas de pinheiros. Esse era o seu momento mais querido, porque parecia que a segurança chegava com a escuridão. Ela não sabia que Sir Peter tinha ido embora e ficava aterrorizada ao pensar que seu esconderijo pudesse ser revelado a ele. Sua única esperança era que Henry voltasse, que não descansasse até encontrá-la. Ela confessou que recebeu com desolação a visita do longo interstício e a aproximação do inverno. Percebendo que sua força estava falhando, ganhando um aspecto de esqueleto, ela teve medo de que pudesse morrer e nunca mais ver o seu Henry.

Apesar de todos os cuidados, o retorno de Rosina à segurança e ao conforto de uma vida próspera foi seguido por uma moléstia. Muitos meses tiveram que passar para que as suas bochechas voltassem a florescer e o seu corpo recuperasse as formas. Aos poucos ela voltava a se parecer com o retrato pintado em seus dias de bem-aventurança, antes da visita do sofrimento. Era uma cópia desse retrato que decorava a torre na qual eu havia encontrado abrigo, também o cenário do sofrimento dela. Sir Peter, radiante pelo alívio da dor do remorso, feliz, enfim, por ver a órfã-afilhada que ele realmente amava, estava mais ansioso do que nunca para abençoar a união dos dois. Já a Sra. Bainbridge, eles nunca mais viram. Depois disso, todo ano eles passavam alguns meses na mansão Welch, o cenário da felicidade de casados e o local onde Rosina, mais uma vez, pôde despertar para a vida e a alegria depois das perseguições cruéis. O cuidado apaixonado de Henry tinha transformado e decorado a torre como do jeito que a encontrei. Muitas vezes ele voltava, com a sua "Menina Invisível", para reiterar, no próprio cenário, a lembrança de todos os incidentes que levaram ao reencontro, nas sombras da noite, naquela ruína sequestrada.

O imortal mortal

16 de julho de 1833. Este é um aniversário memorável para mim. Completei trezentos e vinte e três anos!

O Judeu Errante[1]? Com certeza, não. Mais de dezoito séculos passaram por cima daquela cabeça. Comparado a ele, eu sou um jovem imortal.

Então, eu sou imortal? Faço essa pergunta noite e dia há, pelo menos, trezentos e três anos, e ainda não tenho resposta. Hoje mesmo achei um cabelo branco entre as minhas mechas castanhas, sinal nítido de decadência. Apesar de que ele pode ter ficado ali escondido por trezentos anos, pois algumas pessoas ficam com os cabelos completamente brancos antes dos vinte.

Vou contar a minha história e você, que me lê, irá julgá-la por mim. Irei contá-la e, dessa maneira, deixarei passar algumas horas de uma longa eternidade que tanto me cansa. Para sempre! Será possí-

---

[1] Referência ao mito de Ahasverus, o Judeu Errante, um sapateiro de Jerusalém que ao ver Jesus Cristo passando, com a cruz nas costas, teria dito para ele que "andasse logo" e "fosse adiante". Em resposta, Jesus teria condenado o homem a vagar pelo mundo, sem rumo, sem descanso e até o fim dos tempos.

vel? Viver para sempre!? Já ouvi falar de feitiços nos quais as vítimas mergulhavam em um sono profundo para então acordar, após cem anos, tão renovadas quanto antes. Já ouvi sobre os Sete Dorminhocos de Éfeso[2] – que ser imortal não seria tão penoso: mas, ah! O peso do tempo sem fim – a enfadonha passagem das horas que se arrastam! Quão feliz foi o lendário Nourjahad![3] Mas voltemos à minha missão.

Todo mundo já ouviu falar de Cornelius Agrippa[4]. Sua memória é tão eterna quanto suas artes me tornaram imortal. Todo mundo também ouviu falar do seu aluno que, de surpresa, deu vida à maldita criatura durante a ausência do mestre e acabou

[2] "Os Sete Dorminhocos de Éfeso" é uma lenda, presente no cristianismo e no islamismo, sobre sete jovens – Maximiliano, Malco, Marciano, Dionísio, João, Serapião e Constantino – que se esconderam em uma caverna para fugir do imperador romano Décio. Esse imperador viajou para Éfeso, onde hoje é território da Turquia, lugar onde construiu templos para sacrifícios aos deuses. Os jovens, então convertidos ao cristianismo, se esconderam pois não aceitavam mais esse tipo de culto. Como forma de prendê-los, o imperador mandou construir um muro ao redor da caverna no ano de 251. A lenda conta que eles foram descobertos apenas em 446, despertados de um sono profundo.

[3] Referência ao livro *The History of Nourjahad* (1767), da escritora anglo-irlandesa Frances Sheridan (1724-1766). O livro descreve a história de Nourjahad, um homem que foi enganado por um sultão, que o leva a acreditar que, toda vez que ele dorme, muitos anos se passam.

[4] Heinrich Cornelius Agrippa von Nettesheim (1486-1535), foi um intelectual polímata do período da Renascença e que causou bastante interesse nos jovens do Romantismo inglês, círculo que Mary Shelley fez parte. Ele também aparece no romance "Frankenstein" (1818).

destruído por ela. Verdadeiro ou falso, o relato do incidente foi seguido de muitos transtornos ao renomado alquimista[5]. Todos os seus alunos imediatamente o abandonaram, assim como as pessoas que trabalhavam para ele. Não tinha ninguém por perto para colocar brasa nas chamas intermináveis enquanto dormia, ou para cuidar das cores mutantes dos fármacos enquanto estudava. Um a um, os experimentos fracassaram, porque duas mãos eram insuficientes para finalizá-los: os espíritos sombrios riam dele por não conseguir conservar uma única alma mortal à disposição.

Na época eu era muito jovem, bastante pobre e muito apaixonado. Eu era aluno de Cornelius há cerca de um ano, embora não estivesse presente quando aconteceu este incidente. Ao retornar, meus amigos imploraram para que eu não voltasse à morada do alquimista. Eu estremeci ao ouvir a terrível história que me contaram e nem precisei de um segundo aviso. Quando Cornelius veio até mim e ofereceu-me um saco cheio de ouro para que eu

---

[5] Cornelius Agrippa era considerado um polímata, termo usado para alguém que aprendeu e atuou em várias áreas do conhecimento. Neste momento, o de escrita do conto, as ideias do que seria um cientista, filósofo, alquimista têm suas fronteiras borradas. Optou-se por manter o termo "alquimista" por conta da manipulação de líquidos e a busca de sentidos ocultos para os resultados dessa manipulação.

permanecesse sob seu teto, senti como se o próprio Satanás me tentasse. Minha boca tremia, senti um calafrio na nuca e fugi tão rápido quanto minhas pernas bambas permitiam.

Meus passos débeis se dirigiram para onde, durante dois anos, tinham sido seduzidos todas as noites: um manancial de água pura e viva borbulhante. Ao lado permanecia uma menina de cabelos escuros, cujos olhos radiantes eram fixados no caminho que eu estava acostumado a percorrer todas as noites. Não consigo me lembrar de uma época em que não amei Bertha; desde a infância éramos vizinhos e colegas de brincadeira. Seus pais, assim como os meus, levavam uma vida humilde, mas respeitável, e nossa ligação era uma grande alegria para eles. Em um momento perverso, uma febre maligna levou seu pai e a mãe: Bertha ficou órfã. Ela teria encontrado um lar sob meu teto paterno; mas, infelizmente, a idosa que vivia em um castelo próximo – rica, sem filhos e solitária – demonstrou intenção de adotá-la. Desde então, Bertha foi revestida de seda, morava em um palácio de mármore e era vista como alguém altamente favorecida pela sorte. Mas em sua nova condição, mesmo entre novas relações, Bertha permaneceu fiel ao amigo dos dias de humildade. Ela visitava a casa de campo de meu pai com frequência e, quando a proibiram de ir até lá, vagueava em direção ao bosque vizinho e me encontrava ao lado de uma fonte sombria.

Bertha declarou algumas vezes que não devia nada à sua nova protetora que pudesse se comparar com a sacralidade do que nos unia. Mesmo assim, eu era pobre demais para casar e ela cansou de ser atormentada por minha causa. Tinha um espírito altivo, mas impaciente, e ficou aborrecida com o obstáculo que impedia nossa união. Desse modo, encontramo-nos após um período de ausência; ela havia sofrido uma grande tristeza enquanto eu estive fora, queixou-se amargamente e quase me censurou por ser pobre. Respondi de forma apressada:

– Se sou pobre, sou honesto! Se eu não fosse, logo poderia ficar rico!

Essa exclamação gerou mil perguntas. Eu temia surpreendê-la por estar com a razão, mas ela a tirou de mim. Depois, lançando-me um olhar de desdém, disse:

– Você finge que me ama, mas tem medo de encarar o Diabo por mim!

Jurei que a única coisa que eu tinha medo era de ofendê-la, enquanto ela insistia na magnitude da recompensa que eu receberia. Enfim, encorajado – digo, humilhado por ela –, conduzido pelo amor e pela esperança, rindo dos meus medos recentes, apressado e com o coração leve, voltei atrás e aceitei a oferta do alquimista. De imediato fui instalado em meu quarto.

Um ano se passou. Tornei-me possuidor de uma quantia significativa de dinheiro. Os hábitos acabaram eliminando os meus medos. Apesar da vigilância penosa, eu nunca vi qualquer vestígio do tinhoso, muito menos o silêncio estudantil de nossa residência havia sido perturbado por uivos demoníacos. Continuei meus interrogatórios furtivos com Bertha e a Esperança despertou dentro de mim – sim, a Esperança – mas não a perfeita alegria. Bertha gostava da ideia de que amor e segurança eram inimigos e o seu prazer seria dividi-los em meu peito. Embora fosse sincera, ela era um tanto coquete nos costumes e eu tinha ciúmes como um turco. Ela me desprezou de mil maneiras, mas nunca reconheceu que estava errada. Enlouquecia-me de raiva e depois me forçava a pedir perdão. Às vezes fantasiava que eu não era submisso o suficiente e então criava uma história de rivalidade, incentivada por sua protetora. Era cercada por uma juventude bem vestida, alegria e riqueza. Comparado a essas pessoas, que chance tinha um abatido discípulo de Cornelius?

Em certa ocasião, o alquimista passou a exigir uma grande parcela do meu tempo e fiquei impossibilitado de encontrar Bertha. O homem estava envolvido em algum grande trabalho e fui forçado a permanecer, dia e noite, alimentando as fornalhas e observando os preparos químicos. Em vão, Bertha esperou por mim na fonte. Seu espírito vaidoso se inflamou diante dessa negligência. Quando finalmente eu me furtei de alguns minutos de descanso, na esperança de ser consolado, ela me recebeu com desdém, me dispensou com desprezo e jurou que qualquer outro homem poderia ter a mão dela em vez daquele que não era capaz de estar em dois lugares ao mesmo tempo. Ela se vingaria! E, de fato, se vingou. Da penumbra do meu refúgio eu ouvi falar que ela estava caçando na companhia de Albert Hoffer. Ele era o favorito da protetora e os três passaram cavalgando diante da minha esfumaçada janela. Até pensei ter ouvido o meu nome, seguido por um riso zombeteiro, enquanto os olhos escuros de Bertha olhavam com desprezo para minha morada.

O ciúme, venenoso e miserável, se embrenhou no meu coração. Derramei uma torrente de lágrimas, refletindo que ela nunca tinha sido minha e, sem demora, roguei mil pragas em sua inconstância. Não bastando o meu infortúnio, ainda tinha que acender as fornalhas do alquimista e observar a metamorfose daqueles toscos fármacos.

Cornelius acompanhou o processo por três dias e três noites sem pregar o olho. O progresso do destilador era mais lento do que o esperado. Mesmo ansioso, o sono pesava sobre suas pálpebras. Muitas vezes ele tentou se livrar da sonolência com uma energia sobre-humana; muitas vezes foi passado para trás. Ele olhava para os cadinhos melancolicamente.

– Ah, não – murmurou – mais uma noite perdida?! Winzy, você é vigilante – fiel – você dormiu, meu rapaz, você dormiu noite passada. Preste atenção naquele recipiente de vidro. O líquido dele é um rosa suave. Quando começar a mudar de cor, você me acorda. Só vou descansar um pouco os meus olhos. Primeiro, o líquido vai ficar branco e depois vai soltar lampejos dourados. Mas não espere até lá. Quando a cor rosa desbotar, me chame.

Eu mal ouvi as últimas palavras, murmuradas, como se ele já estivesse dormindo. Mesmo assim, não cedeu.

– Winzy, meu rapaz – disse outra vez – não toque no recipiente. Não encoste a boca nele, é uma poção, um elixir para curar o amor; você não quer deixar de amar Bertha. Cuidado!

E dormiu. Sua venerável cabeça afundou no peito e eu escutei a respiração constante. Por alguns minutos prestei atenção no recipiente. O tom rosado do líquido permaneceu inalterado. Depois, meu pensamento foi longe. Foi até a fonte onde habitei mil cenas maravilhosas que nunca mais serão recuperadas – nunca mais! Víboras e serpentes se formaram em meu coração enquanto a palavra "Nunca!" começava a surgir nos meus lábios. Menina falsa! Falsa e cruel! Nunca mais ela iria sorrir para mim como naquela tarde em que sorriu para Albert. Indigna e desprezível! Eu me vingaria. Ela veria Albert findar a seus pés. Ela morreria pelas minhas mãos.

Bertha sorria com desdém e triunfo; sabia da minha desgraça e do poder que ela tinha sobre mim. Mas que poder? O poder de incitar o meu ódio, o meu desprezo, o meu... ah, tudo, menos indiferença! Conseguiria eu julgá-la com olhos levianos, transferindo meu amor rejeitado para algo mais justo, mais verdadeiro? Isso, sim, seria uma vitória!

Um clarão brilhante se lançou diante dos meus olhos. Eu tinha esquecido o fármaco do mestre e olhei para aquilo com espanto: lampejos de beleza admirável, mais brilhantes do que aqueles que um diamante emite quando os raios de sol incidem, vistos da superfície do líquido. O odor mais perfumado e agradável de todos arrebatou os meus sentidos; o recipiente se assemelhava a um globo de luminosidade viva, encantador aos olhos e muito convidativo ao paladar. O primeiro pensamento que eu tive, inspirado pelo sentimento mais grosseiro, foi: "devo beber". Levei o frasco até a boca:

– Vai me curar do amor, da tortura!

Já tinha bebido metade do melhor destilado que o paladar humano já provou, quando o alquimista se mexeu. Comecei a... deixei o vidro cair... olhei para o chão e o fluido estava em chamas, senti as garras de Cornelius na minha garganta enquanto ele gritava bem alto:

– Desgraçado! Você destruiu o trabalho da minha vida!

O alquimista estava totalmente alheio ao fato de que eu havia bebido alguma gota do seu fármaco. Ele achava que – e, de forma velada, consenti com isso – eu havia erguido o recipiente por curiosidade e que, assustado com o brilho e com os lampejos de luz intensa que ele emitia, o havia deixado cair. Eu nunca o desmenti. O fogo do fármaco foi extinto, a fragrância se foi e Cornelius se acalmou, como um alquimista deveria, sob as mais tensas provações, e acabou por me dispensar para que descansasse.

Não tentarei descrever o sono de glória e felicidade que banhou a minha alma no paraíso durante as horas remanescentes daquela noite inesquecível. As palavras seriam insuficientes e rasas sobre o meu deleite, ou sobre a alegria que possuiu meu peito quando acordei. Eu pisava em nuvens, meus pensamentos estavam no céu. A Terra era como o paraíso, e a minha herança nesse lugar seria um enlevo de deleite.

– Então isso é ser curado do amor – pensei – hoje verei Bertha e ela encontrará o seu amante frio e indiferente; feliz demais para ser desdenhoso, mas muito indiferente a ela!

As horas voaram. O alquimista, seguro de que uma vez bem-sucedido, e acreditando que conseguiria de novo, começou a preparar mais uma vez o fármaco. Ele se trancou com seus livros e substâncias e eu ganhei uma folga. Vesti-me com esmero. Olhei-me em um escudo velho, porém polido, que servia de espelho. Parecia que a minha boa aparência tinha melhorado de forma formidável. Corri para além dos arredores da cidade, com alegria na alma e a beleza do céu e da terra ao meu redor. Caminhei em direção ao castelo. Com o coração leve, pude ver as torres elevadas, pois estava curado do amor. Minha Bertha me viu de longe, enquanto eu subia a aleia. Não sei que impulso repentino a animava; mas, à vista, ela saltou como uma corça amarrada pelos degraus de mármore e se precipitou na minha direção. Mas eu também tinha sido notado por outra pessoa.

A nobre bruxa, que usava a alcunha de protetora, e era uma tirana, também me viu. Ela mancava, ofegante, no alto do terraço. Eis que um pajem, tão feio quanto ela, a deteve e a arrefeceu enquanto ela se aproximava. Por último, interrompeu a minha bela menina:

– Para onde vai, minha ousada senhorita? Para onde vai tão rápido? Volte já para a sua alcova, os gaviões estão à solta!

Bertha apertou as mãos, seus olhos ainda apontados em direção a minha iminente figura. Eu vi o confronto. Como eu abominava aquela decrépita que analisava os impulsos gentis do coração mole da minha Bertha. Até então, em respeito à sua posição, eu tinha evitado a dama do castelo. Agora eu desprezava tais considerações triviais. Fui curado do amor e me elevei acima de todos os medos humanos. Apressei-me em seguir adiante e logo cheguei ao terraço. Quão bela estava Bertha! Os olhos cintilantes como fogo, as bochechas brilhando de impaciência e raiva, ela estava mil vezes mais graciosa e charmosa do que antes. Eu não a amava mais, pelo contrário: eu a adorava, venerava, idolatrava!

Ela tinha sido perseguida naquela manhã, com mais veemência do que de costume, para consentir um casamento imediato com o meu rival. Havia sido repreendida, pois tinha dado sinais de encorajamento a ele. Foi ameaçada de ser expulsa, envergonhada e humilhada. Seu espírito orgulhoso se armou diante da ameaça. Mas, quando ela se lembrou do desprezo que acumulava sobre mim – e que, talvez, tivesse perdido alguém que considerava como seu único amigo –, chorou de remorso e raiva. Naquele momento, eu apareci.

– Ah, Winzy! – exclamou – me leve à cabana de sua mãe, quero logo abandonar os detestáveis luxos e desventuras desta nobre morada. Me leve à pobreza e à felicidade.

Eu a segurei em meus braços com entusiasmo. A velha senhora ficou furiosamente muda e só partiu para a ofensiva quando estávamos longe, a caminho da minha casa de campo natal. Minha mãe recebeu, com ternura e alegria, a bela fugitiva que escapou de uma gaiola dourada rumo à natureza e à liberdade. Meu pai, que adorava a jovem, acolheu Bertha com carinho. Foi um dia de festa, que não precisava do acréscimo da poção celestial do alquimista para me deixar encantado.

Logo após esse dia memorável, eu me tornei o marido de Bertha. Deixei de ser aluno de Cornelius, mas continuei seu amigo. Sempre me senti grato a ele por ter, mesmo sem saber, me ofertado aquela deliciosa dose de um elixir divino que, em vez de me curar do amor (que triste seria essa cura! Um remédio solitário e abominável que acabaria com os males que parecem bênçãos para a memória), havia me inspirado com coragem e determinação, me premiando com Bertha, um tesouro inestimável.

Com frequência eu me lembrava admirado daquele período de inebriado transe. A bebida de Cornelius não trouxe o resultado que ele esperava, mas seus efeitos eram mais potentes e extasiantes do que posso expressar com palavras. Foram se desvanecendo aos poucos, à medida que pintavam a vida em tons de esplendor. Muitas vezes Bertha se perguntava sobre a leveza do meu coração e minha inusitada alegria. Antes, eu era uma pessoa de temperamento sério, ou até mesmo triste. Ela me amava mais pela minha disposição alegre, e a felicidade conferiu asas aos nossos dias.

Cinco anos depois, fui subitamente convocado para o leito de morte de Cornelius. Havia me chamado às pressas, invocando minha presença imediata. Encontrei ele estendido sobre o catre, fraco até para morrer. O que lhe restava de vida permanecia em seus olhos penetrantes, e eles estavam fixados em um recipiente de vidro, cheio de líquido rosáceo.

– Eis – disse ele com uma voz cansada e para dentro – a vaidade dos desejos humanos! Minhas esperanças estão prestes a serem coroadas mais uma vez e, de novo, serão destruídas. Veja aquele líquido, você deve se lembrar que cinco anos atrás eu tinha preparado um igual, com o mesmo êxito. Agora, da mesma maneira, meus lábios sedentos esperavam saborear o elixir imortal... você arrancou isso de mim! E agora é tarde demais.

Disse isso com dificuldade e tombou de volta no travesseiro. Eu não pude deixar de dizer:

– Como, venerado mestre, uma cura para o amor pode restaurar a sua vida?

Um sorriso leve brilhava em seu rosto enquanto eu escutava com atenção a sua resposta pouco compreensível.

– Uma cura para o amor e para todas as coisas: o Elixir da Imortalidade. Ah! Se eu pudesse bebê-lo agora, viveria para sempre!

Enquanto ele falava, um lampejo dourado reluzia do fluido, uma fragrância bem marcada sugava o ar. Ele se levantou, mesmo que fraco – a força parecia milagrosamente ocupar a sua estrutura –, e estendeu a mão. Uma explosão estrondosa me assustou, um raio de fogo subiu do elixir e o recipiente de vidro que o continha fazia até os átomos tremerem! Voltei meus olhos para o alquimista. Ele estava caído de bruços, seus olhos vidrados, suas feições rígidas: estava morto!

Mas eu vivi, e viveria para sempre! O infeliz alquimista me alertou disso e durante alguns dias acreditei em suas palavras. Lembrei-me da gloriosa intoxicação que se seguiu à dose roubada. Meditei sobre a mudança que senti na minha própria estrutura e na minha alma. A elasticidade limitante de uma, a leveza flutuante da outra. Eu me examinei em um espelho e não percebi mudança alguma no meu aspecto durante o período de cinco anos que se seguiu. Lembrei dos tons radiantes e do cheiro agradável daquela bebida deliciosa, digna do dom que oferecia – eu era, então, **IMORTAL**!

Alguns dias depois eu ri da minha convicção. O velho ditado que dizia: "ninguém é profeta em sua terra" era verdadeiro em relação a mim e ao meu mestre defunto. Eu o amava como humano – e o respeitava como sábio – mas zombei da ideia de que ele podia dominar os poderes das trevas. Ri dos medos supersticiosos que as pessoas comuns tinham em relação a ele. Era um alquimista sábio, mas não conhecia nenhum outro espírito além daqueles revestidos de carne e osso. Sua ciência era simplesmente humana. E a ciência humana, eu logo me convenci, nunca poderia conquistar as leis da natureza a ponto de aprisionar a alma dentro da morada carnal para sempre. Cornelius havia preparado uma bebida revigorante para a alma: mais inebriante que o vinho, mais doce e mais perfumada do que qualquer fruta. Provavelmente possuía fortes poderes medicinais, transmitindo alegria ao coração e vigor aos membros. Mas seus efeitos se esgotariam; já estavam reduzidos em minha estrutura. Fui um felizardo por ter tido uma saúde sorvida e um espírito alegre, e talvez uma vida longa, às mãos do meu mestre. Porém, minha sorte acabou ali: a longevidade era muito diferente da imortalidade.

Alimentei esta crença por muitos anos. Às vezes um pensamento me atravessava... o alquimista estava mesmo enganado? Mas eu estava convicto de que teria o destino de todos os filhos de Adão, no tempo certo – um pouco tarde, mas ainda em uma idade natural. No entanto, era nítido que eu conservava uma aparência admiravelmente jovem. Faziam piada da vaidade de me olhar no espelho com tanta frequência, mas eu o consultava em vão... minha testa não tinha fronteiras, minhas bochechas... meus olhos... minha figura inteira continuava tão imaculada como no meu vigésimo ano.

Eu estava preocupado. Olhei para a beleza esmaecida de Bertha; eu parecia mais como um filho dela. Aos poucos, nossos vizinhos começaram a fazer observações semelhantes e, finalmente, descobri que passei a ser chamado de Estudante Enfeitiçado. A própria Bertha se sentiu incomodada. Ela ficou ciumenta e irritadiça, e começou a me questionar de forma exaustiva. Não tínhamos filhos, éramos tudo o que o outro tinha e embora, à medida que ela envelhecia, seu espírito vivaz se tornava um pouco cúmplice do mal-estar; sua beleza arrefecia tristemente, eu a estimava em meu coração como a amante que eu idolatrava, a esposa que eu procurei e conquistei com um amor tão completo.

Por fim, nossa situação se tornou insustentável: Bertha tinha cinquenta anos, eu tinha vinte. Adotei, em alguma medida, com muita vergonha, hábitos de uma pessoa mais velha: em bailes, não socializava com pessoas jovens e alegres. Mas, enquanto eu continha os pés, o meu coração se ligava a essa gente. Fui reduzido a uma figura triste entre os patriarcas da aldeia. Mas, antes disso, as coisas ficaram estranhas: éramos evitados por toda parte. Fomos – ou, ao menos, eu fui – acusados de ter mantido um relacionamento perverso com alguns dos supostos amigos do meu antigo mestre. A pobre Bertha foi poupada, mas abandonada; e eu, fui tratado com horror e desprezo.

O que fazer? Nós nos sentamos perto da fogueira. Já era possível sentir a escassez, pois ninguém mais comprava os produtos da fazenda. Muitas vezes eu me forcei a viajar mais de trinta quilômetros para algum lugar onde não era conhecido, tentando vender a nossa propriedade. É verdade, tínhamos poupado um dinheiro para algum infortúnio, e esse dia estava chegando.

Sentamo-nos ao lado da nossa fogueira solitária: o jovem de coração velho e sua esposa fora de moda. Mais uma vez, Bertha insistiu em saber a verdade, retomou tudo o que já tinha ouvido dizer sobre mim e acrescentou suas próprias observações.

Ela me conjurou a desfazer o feitiço. Descreveu o quanto os cabelos grisalhos eram mais cômodos do que as minhas mechas castanhas. Fez um monólogo sobre a reverência e o respeito à idade, de como é preferível em vez do pouco respeito aos jovens. Poderia eu imaginar que os dotes desprezíveis da juventude e da boa aparência suplantavam a desgraça, o ódio e o desprezo? Quem dera. No fim, eu acabaria sendo queimado como praticante das artes obscuras; enquanto Bertha, a quem eu não tinha me dignado a transmitir qualquer porção do meu infortúnio, poderia ser apedrejada como cúmplice. Ela insinuou exaustivamente que eu deveria compartilhar meu segredo e lhe conceder benefícios semelhantes àqueles que eu mesmo desfrutei, ou então me denunciaria – e irrompeu em lágrimas.

Dessa forma, atormentado, pareceu-me que o melhor era dizer a verdade. Revelei meu segredo, o mais ternamente possível, e falei apenas de uma vida muito longa, mas não da imortalidade. Essa encenação, na verdade, coincidiu melhor com as minhas próprias ideias. Quando terminei, me levantei e disse:

– E agora, minha Bertha, você vai denunciar o amante de sua juventude? Você não vai, eu sei. Mas é muito difícil, minha infeliz esposa, que você sofra pelo meu infortúnio e pelas malditas obras de Cornelius. Deixarei você, que terá posses suficientes, e os amigos irão voltar quando eu me for. Eu partirei. Como pareço jovem e forte, posso trabalhar e ganhar meu pão entre estranhos, desconhecidos e sem suspeita. Eu te amei na juventude. Deus é minha testemunha de que eu não te abandonaria na velhice, mas é preciso, em nome de sua segurança e felicidade.

Peguei meu quepe e fui em direção à porta. Em um instante, os braços de Bertha arrodeavam o meu pescoço e seus lábios pressionavam os meus.

– Não, meu marido, meu Winzy – disse – você não vai sozinho, me leve junto. Vamos sumir deste lugar e, como você disse, entre estranhos estaremos insuspeitos e seguros. Não estou tão velha a ponto de envergonhá-lo, meu Winzy. Arrisco dizer que o encanto logo irá desaparecer e, com a bênção de Deus, você irá envelhecer, como é conveniente. Você não irá me deixar.

Eu retribuí de coração o abraço da boa alma.

– Não irei, minha Bertha. Mas, por você, eu não tinha pensado em tal situação. Eu serei seu verdadeiro e fiel marido enquanto você for poupada a mim, cumprirei até o fim o meu dever com você.

No dia seguinte, secretamente nos preparamos para a nossa saída. Fomos obrigados a fazer grandes sacrifícios monetários; não tínhamos alternativa. Conseguimos uma quantia suficiente, pelo menos, para nos manter enquanto Bertha vivesse. Sem dizer adeus a ninguém, deixamos nosso país natal para nos refugiarmos em uma parte remota da França.

Foi uma crueldade transportar a pobre Bertha da sua aldeia natal, dos amigos de juventude, para um novo país, um novo idioma e novos costumes. O peculiar segredo do meu destino tornou essa mudança insignificante para mim. No entanto, compadeci-me profundamente e fiquei feliz em perceber que ela encontrou uma compensação para as desgraças em uma variedade de pequenas situações irrisórias. Afastada de todos os cronistas de contos de fadas, ela procurou diminuir a aparente disparidade das nossas idades por meio de mil artes designadas às mulheres – maquiagem, trajes e comportamentos juvenis. Eu não podia ficar zangado. Eu mesmo não usei um disfarce? Por que brigar com o dela? Porque parecia menos satisfatório? Fiquei profundamente triste quando me lembrei que esta era a minha Bertha, aquela que eu tinha amado tão carinhosamente e conquistado com tanto entusiasmo. A menina de olhos e cabelos escuros, de sorrisos travessos e um passinho de corça. Agora, essa idosa, pedante, afetada e ciumenta. Eu devia ter reverenciado seus cachos grisalhos e suas bochechas murchas. Eu sabia! Era meu dever, mas nem ao menos lamentei esse tipo de fraqueza humana.

O seu ciúme nunca descansou. Sua principal ocupação era descobrir que, apesar das aparências externas, eu mesmo estivesse envelhecendo. Eu realmente acredito que a pobre alma me amava de verdade, mas nunca houve uma criatura com um modo de demonstrar afeto tão atormentador. Ela percebia rugas em meu rosto e senilidade no meu andar, enquanto eu me limitava no vigor da juventude, me sentindo o mais jovem das pessoas com vinte anos. Eu nunca ousei me dirigir a outra mulher. Em certa ocasião, imaginando que uma moça bonita da aldeia me considerava com olhos amáveis, Bertha me trouxe uma peruca cinzenta. Seu discurso constante entre os conhecidos era que, embora eu parecesse tão jovem, havia ruínas surgindo dentro de mim. Ela afirmava que o sinal agravante sobre mim era a aparente saúde. Minha juventude era uma doença, dizia ela, e eu deveria estar sempre preparado, se não para uma morte repentina e horrível, pelo menos para acordar, em uma manhã qualquer, de cabeça esbranquiçada e curvada, com todas as marcas dos anos avançados. Eu a deixava falar e muitas vezes me juntava em suas afirmações. Seus alertas se encaixavam em minhas especulações incessantes sobre o meu estado; e eu adquiri um sério, embora penoso, interesse em ouvir tudo o que sua rápida inteligência e imaginação entusiasmada podiam dizer sobre o assunto.

Por que se deter nessas circunstâncias ínfimas? Vivemos por muitos e longos anos. Bertha ficou acamada e paralítica. Cuidei dela como uma mãe poderia cuidar da sua criança. Ela se tornou rabugenta, e ainda se agarrava a um fio de esperança: de quanto tempo eu sobreviveria a ela. Para mim foi uma fonte de consolo cumprir rigorosamente o meu dever com ela. Foi minha na juventude, era minha na velhice. Enfim, quando eu empilhei a relva por cima do seu cadáver, chorei, sentindo que tinha perdido tudo o que realmente me prendia à humanidade.

Desde então, quantos têm sido meus afetos e desgostos, quão raros e vazios os prazeres! Faço aqui uma pausa na minha história – não vou seguir adiante. Uma pessoa que navega sem leme ou bússola, atirada no mar tempestuoso; alguém que viaja e se perde em uma charneca extensa, sem um marco ou pedra para a orientação; assim tem sido a minha vida: mais perdida e sem esperança do que qualquer uma das duas situações. Essas pessoas podem ser salvas por um navio que se aproxima ou o brilho de algum casebre distante. Mas eu... não tenho nada que me guie, exceto a esperança da morte.

Morte! Misteriosa, amiga malvista da humanidade fraca! Por que, no meio de tantas pessoas mortais, você me expulsou do seu abrigo? Ah, pela paz da sepultura! O silêncio profundo do túmulo férreo! Esse pensamento deixaria de operar no meu cérebro, e meu coração não mais pulsaria com emoções diferentes para cada nova forma de tristeza!

Eu sou imortal? Volto à minha pergunta principal. Em primeiro lugar, não é mais provável que a bebida do alquimista estivesse carregada mais de longevidade do que de vida eterna? Essa é minha esperança. E, depois, vamos lembrar: eu só bebi metade da poção preparada por ele. Não era necessário beber o frasco inteiro para completar o encanto? Ter drenado metade do Elixir da Imortalidade não é mais do que ser meio-imortal. Minha eterna-idade é, portanto, truncada e nula.

Mas, então, quem contará os anos da metade da eternidade? Muitas vezes tento imaginar por qual princípio o infinito pode ser fracionado. Às vezes, imagino a idade avançando sobre mim. Encontro um cabelo grisalho. Tolo! Eu lamento? Sim, o medo da idade e da morte muitas vezes se insinua friamente em mim. Quanto mais vivo, mais temo a morte, mesmo quando abomino a vida. Tal enigma é o ser humano – nascido para perecer – quando luta, como eu, contra as leis estabelecidas da natureza.

Agora, no que diz respeito a esta anomalia de acreditar que com certeza posso morrer: o remédio do alquimista não seria à prova de fogo – como uma espada –, nem às águas turvas. Olhei para as profundezas azuis de um lago bastante tranquilo e para as corredeiras tumultuosas de um rio caudaloso, e disse: a paz habita essas águas. Ainda assim, me afastei, para viver mais um dia. Perguntei-me se o suicídio seria um crime para alguém que somente assim teria os portais do outro mundo abertos. Fiz de tudo, exceto me apresentar como soldado ou duelista, pois tinha a oposição de destruir os meus companheiros... não, eles não são meus companheiros mortais. Por isso me esquivei. O poder inextinguível da vida em minha estrutura e sua efêmera existência nos coloca em polos amplamente separados. Eu não poderia levantar a mão contra os mais nocivos ou os mais poderosos entre eles.

Assim tenho vivido. Sozinho e cansado de mim mesmo, desejando a morte, mas não morrendo nunca: um imortal mortal. Nem ambição, nem avareza podem entrar na minha mente. O amor ardente que rói o meu coração nunca será retribuído, nunca irá encontrar alguém semelhante ao qual possa se dedicar. Existe apenas para me atormentar.

Hoje mesmo, idealizei um projeto com o qual posso acabar com tudo – sem me matar, sem fazer de outro homem um Caim –; uma expedição, na qual uma estrutura mortal nunca poderá sobreviver, mesmo uma dotada de juventude e força como a minha. Assim, colocarei a minha imortalidade à prova e descansarei para sempre – ou voltarei, o milagre e o benfeitor da espécie humana.

Antes de partir, uma vaidade mesquinha me fez escrever estas páginas. Talvez eu não morra, e não deixarei nenhum rastro. Três séculos se passaram desde que tomei a bebida fatal. Enfrentando perigos gigantescos, talvez eu não dure um ano – lutando contra a força das geleiras – acometido à fome, à labuta e à tempestade. Entrego este corpo, resistente demais para uma alma sedenta de liberdade, aos elementos destrutivos do ar e da água. Se eu sobreviver, meu nome será registrado como um dos mais famosos entre a espécie humana; e, com minha tarefa cumprida, adotarei meios mais resolutos. Assim, espalhando e aniquilando os átomos que compõem minha moldura, colocarei em liberdade a vida aprisionada dentro de mim, tão cruelmente impedida de voar desta terra sombria para uma esfera mais afável à sua essência imortal.

O mau olhado

De surtum té à curva o Albanês fero;
Fuzil lavrado, um chalé na cabeça,
Vistosas roupas d'ouro recamadas;
De faixa carmesim o Macedônio;

***Lord Byron*[1]**

O moreota[2] Katusthius Ziani percorreu o vilaiete de Janina[3] cansado e com medo da gente saqueadora da região. No entanto, ele não tinha motivos para esse medo. Chegou exausto e faminto em uma vila deserta; foi encurralado por um bando de cleftes[4] em bosques desabitados; e em cidades maiores temeu ser o único do seu grupo entre montanhistas indomáveis e turcos despóticos. Mas,

---

[1] Estrofe LVIII, de *A Peregrinação de Childe Harold*, de Lord Byron, tradução de Francisco José Pinheiro Guimarães, editora Anticítera. (N.T.)

[2] Habitantes da Morea, como era chamada, na época da escritora, a região mais ao sul do Peloponeso, uma extensa península montanhosa no sul da Grécia. (N.T.)

[3] Em inglês "Ioannina", escrita como "Yannina" por Shelley, era a principal cidade do golfo de Épiro, na Grécia. (N.T.)

[4] Palavra grega para "ladrões", porém, na época de Shelley, era usada para se referir aos albaneses que resistiam à dominação turca. (N.T.)

assim que se anunciou como Pobratimo[5] de Dmitri d'O Mau Olhado, uma a uma das mãos foi estendida, uma a uma das vozes deu boas-vindas.

Dmitri, o albanês, era nativo do vilarejo de Korvo[6]. Entre as montanhas selvagens do distrito que separa Janina e Tepelene flui o profundo braço d'água de Argyrocastro[7], amparado ao oeste por precipícios bruscamente cobertos por uma densa mata e, ao leste, sombreado por montanhas elevadas. A mais alta delas é o Monte Trebucci. E, em uma romântica sinuosidade daquela colina, ilustre com minaretes, coroada por uma cúpula erguida de um grupo de ciprestes piramidais, está a pitoresca vilarejo de Korvo. Ovelhas e cabras compõem o visível tesouro de quem vive lá; suas armas e iatagãs, seus modos bélicos e, com eles, a nobre profissão de saque são fontes de riqueza ainda maior. Dmitri se destacava em um grupo conhecido pela coragem sem limites e o espírito sanguinário.

Contavam que, em sua juventude, esse clefte era conhecido por uma disposição mais gentil e um

---

[5] Na Grécia, sobretudo em Ilíria e Épiro, é comum que pessoas do mesmo sexo jurem amizade. A igreja tem um ritual para consagrar esse voto. Dois homens unidos dessa forma são chamados de pobratimi, e as mulheres, de posestrime. (N.A.)

[6] Pequeno vilarejo no monte Trebucci, ao sul da Albânia. (N.T.)

[7] Região, rio e uma grande cidade na Albânia. (N.T.)

gosto mais refinado do que é habitual de sua gente. Ele foi um viajante e aprendeu as artes europeias, das quais não se orgulhava pouco. Sabia ler e escrever em grego, e muitas vezes um livro ficava guardado em seu cinturão, do lado de suas pistolas. Passou vários anos em Chios, a mais sofisticada das ilhas gregas, e se casou com uma nativa da região. Os albaneses são descritos como depreciadores de mulheres; mas Dmitri, ao se casar com Helena, adotou uma norma mais cavalheiresca, tornando-se devoto de uma crença mais progressista. Com frequência, ele voltava para as colinas nativas, lutava sob a bandeira do famoso Ali e depois retornava para a sua casa na ilha. O amor do bárbaro domesticado era concentrado, ardente, e mais além: era o seu próprio coração batendo, a parte mais nobre de si; enfim, o molde divino no qual sua natureza bruta foi remodelada.

Ao voltar de uma de suas expedições na Albânia, Dmitri encontrou o seu lar devastado pelos maniotas[8]. Sobre Helena, nem ousaram lhe contar como ela morreu, apenas apontaram para o seu túmulo; sua pequena e amada única filha foi sequestrada; seu precioso ninho de amor e felicidade foi saqueado; sua distinta riqueza áurea se transformou em um vazio desolador. Dmitri passou três anos

[8] Habitantes da vila de Maina, ao norte da ilha de Citera, na Grécia. (N.T.)

empenhado em recuperar sua prole perdida. Ficou exposto a milhares de perigos, passando por dificuldades inacreditáveis: desafiou a fera selvagem no próprio covil, ou seja, os maniotas em seu porto seguro; atacou-os e foi atacado por eles. Um corte profundo, atravessando a sobrancelha e a bochecha, era o emblema da sua ousadia. Deveria estar morto, mas eis que Katusthius, avistando um tumulto na costa e uma pessoa deixada para morrer, desceu de uma embarcação moreota, resgatou o homem, cuidou dele e o curou. Eles trocaram votos de amizade e, durante algum tempo, o albanês compartilhou as labutas de seu camarada; mas elas eram pacíficas demais para se adequar ao seu gosto e acabou voltando para Korvo.

Quem dos bárbaros mutilados poderia reconhecer o mais belo entre os arnauts[9]? Seus hábitos acompanharam sua transformação física: tornou-se feroz e desumano. Ele só sorria quando se envolvia em situações arriscadas; havia chegado no pior estado de crudeza: o deleite por sangue. Ele envelheceu nessas práticas: seu intelecto se tornou imprudente, o semblante ficou mais sombrio. Os homens tremiam diante do seu olhar, mulheres e crianças clamavam aterrorizadas: "O Mau Olhado"! A opinião pública prevaleceu, e até ele compartilhava

[9] Palavra turca para "albaneses". (N.T.)

dela. Vangloriava-se do privilégio de ser temido e, quando sua vítima tremia e desvanecia sob o efeito mortal – o riso diabólico com o qual saudava essa manifestação de seu poder –, ele atingia, com a pior das desilusões, o coração em falência da pessoa cativa. Não obstante, Dmitri era capaz de comandar as flechas em seu campo de visão; seus companheiros o respeitavam ainda mais por seu atributo sobrenatural, já que não temiam o seu uso em si mesmos.

Dmitri tinha acabado de voltar de uma expedição para além dos limites de Preveza. Ele e os companheiros estavam carregados de espólios. Mataram e assaram uma cabra inteira para seu regalo; beberam até secar vários cantis de vinho; depois, na vila, ao redor do fogo, entregaram-se às delícias da dança do lenço, bradando o refrão, enquanto caíam e ricocheteavam sobre os próprios joelhos e rodopiavam sem descanso como uma prática só deles. O coração de Dmitri estava pesado; ele se recusou a dançar e se sentou afastado. A princípio se juntou à canção na voz e no alaúde, até que o ambiente se transformou em uma lembrança de dias melhores: sua voz desapareceu, seu instrumento caiu das mãos e sua cabeça afundou sobre o peito.

Ao som de passos estranhos ele despertou; no vulto diante de si reconheceu, sem dúvida alguma, um amigo, e não estava enganado. Com uma exaltação alegre recebeu Katusthius Ziani, apertando sua mão e beijando-o no rosto. O viajante estava cansado, então, foram para a casa de Dmitri, uma casinha bem rebocada e branca, cujo piso de barro estava perfeitamente seco e limpo; as paredes ornadas com armas, algumas ricamente enfeitadas, além de outros troféus de seus triunfos como clefte. A criada idosa acendeu o fogo. Enquanto a mulher preparava o *pilaf*[10] e a carne de cabrito, os amigos descansavam sobre as esteiras de junco branco. Ela colocou, diante deles, uma bandeja de alumínio brilhante sobre um bloco de madeira e, em cima, juntou bolos de milho indiano, queijo de leite de cabra, ovos e azeitonas; um jarro de água da fonte mais pura, e um cantil de vinho, servidos para refrescar e animar o viajante sedento.

Após o jantar, o convidado falou sobre o motivo da visita:

– Venho ao meu Pobratimo – disse – para reivindicar o cumprimento de sua promessa. Quando o resgatei do bárbaro Kakovougnis de Boularias, você me prometeu gratidão e fidelidade; você nega essa dívida?

O semblante de Dmitri ficou turvo.

---

[10] Arroz com especiarias gregas. (N.T)

– Meu irmão – clamou – você não precisa me lembrar das minhas dívidas. Minha vida está sob seu comando. No que este montanhês clefte pode auxiliar o filho do rico Ziani?

– O filho de Ziani é um mendigo – retomou Katusthius – e deve perecer, se o irmão negar ajuda.

Então o moreota contou a sua história. Foi criado como filho único de um rico comerciante de Corinto. Com frequência navegou como um caravokeiri[11] das embarcações do pai, rumo a Istambul e até mesmo à região da Calábria. Alguns anos antes, ele havia sido abordado e levado contra a vontade por um corsário da Berbéria. Contou que, desde então, sua vida tem sido aventureira; na verdade, era uma vida errante: ele se tornou um renegado e conquistou o respeito de novos aliados; não por sua coragem superior, pois era um covarde, mas pelas vigarices que enriquecem os homens. Durante essa trajetória, e motivado por alguma superstição, ele acabou retornando à sua antiga religião. Fugiu do continente africano, perambulou pela Síria, cruzou a Europa e encontrou uma ocupação em Constantinopla. Assim os anos foram passando. Até que, finalmente, quando estava a ponto de se casar com uma bela fanariota, caiu de novo na pobreza e voltou a

[11] Comandante de um navio mercante. (N.A.)

Corinto para ver se a fortuna do pai tinha prosperado durante suas longas peregrinações. Descobriu que, embora a riqueza tivesse aumentado de forma extraordinária, ela estava fora de seu alcance para sempre.

Durante sua longa ausência, o pai reconheceu um outro filho e, ao morrer, no ano anterior, deixou tudo para ele. Katusthius encontrou esse parente desconhecido, com esposa e filho, em posse de sua aguardada herança. É fato que Cyril dividiu com ele a propriedade do pai, mas Katusthius achou pouco e resolveu tomar tudo para si. Arquitetou milhares de esquemas de assassinato e vingança. Porém o sangue de um irmão lhe era sagrado. Cyril, amado e respeitado em Corinto, só poderia ser atingido de uma maneira muito arriscada. Então sua prole se tornou um novo alvo. Quando o melhor plano lhe apareceu, Katusthius embarcou com pressa para Butroto[12] e foi reivindicar o conselho e a assistência do amigo, cuja vida ele havia salvado e de quem era Pobratimo. Em vez de contar sua história de maneira desvelada, a encobriu; assim, se Dmitri precisasse de um estímulo de justiça, que não lhe era nem um pouco uma ambição, teria ficado satisfeito que Cyril era um intruso e que todo o arranjo era de imposição e vilania.

---

[12] Foi uma cidade da Grécia antiga e hoje é um sítio arqueológico, situado na Albânia, na ilha de Corfu. (N.T.)

Os homens discutiram uma variedade de planos durante a noite inteira, cujo objetivo era que a riqueza do falecido Ziani passasse indivisível para as mãos do filho mais velho. Katusthius partiu ao amanhecer e, dois dias depois, Dmitri deixou sua casa na montanha. Sua primeira preocupação foi comprar um cavalo, há muito cobiçado por ele por causa de sua beleza e agilidade; providenciou cartuchos e reabasteceu o seu polvarim. Seus apetrechos eram abundantes e sua roupa vistosa; seus braços brilhavam ao sol. Os cabelos longos caíam lisos por baixo do manto torcido ao redor do quepe e iam até a cintura; um capote branco desgrenhado ia pendurado no ombro; o rosto estava enrugado e franzido pela exposição às estações do ano; a testa cuidadosamente sulcada; o bigode longo, de cor azeviche; o rosto marcado; os olhos ferozes e selvagens; toda a sua aparência sem a falta da graça bárbara, mas carimbada principalmente com a ferocidade e o orgulho de um bandoleiro. Não é de se admirar que estava inspirado por um superstição grega, que contava sobre um espírito sobrenatural malevolente que habitava na aparência, desgovernado e destruidor. Pronto para a viagem, ele partiu de Korvo, cruzando a floresta de Acarnânia, a caminho da Moreia.

– Por que Zella treme e pressiona o filho contra o peito como se temesse algo maligno? – perguntou Cyril Ziani, retornando de Corinto para a sua residência rural. Era um lugar de beleza. As colinas partidas de forma abrupta e cobertas de azeitonas, e até mesmo as plantações das mais brilhantes laranjeiras, encobriam as ondas azuis do Golfo de Egina. Uma murta rasteira espalhava um perfume doce em volta e mergulhava suas folhas escuras e brilhantes no mar. A casa de telhado baixo era sombreada por duas enormes figueiras, enquanto vinhedos e plantações de milho se estendiam ao longo de um delicado planalto ao norte. Zella sorriu quando viu o marido, embora o rosto estivesse pálido e os lábios tremessem.

– Agora você está por perto para nos proteger – disse – eu dispenso o medo, mas o perigo ameaça nosso Constans e estremeço ao lembrar que um Mau Olhado esteve sobre ele.

Cyril pegou o filho:

– Que me arranquem a cabeça – gritou – tu enunciaste algo maligno. Os Francos falam desta superstição; que tenhamos cuidado. A face do menino ainda está idílica; as tranças fluem douradas. Fala, Constans, saúda teu pai, meu valente rapazinho.

Era apenas um medo efêmero; nenhuma moléstia os atingiu e logo esqueceram do incidente descabido que fez seus corações se apequenarem. Uma semana depois, Cyril voltou para seu retiro na costa, como de costume, após embarcar um carregamento de groselhas. Era uma bela noite de verão; a roda d'água estridente, que produzia a irrigação da terra, tocava com a última canção da cigarra ruidosa; as ondas oscilantes passavam quase que silenciosamente entre os cascalhos. Este era seu lar; mas onde estava sua linda flor? Zella não veio recebê-lo. Um criado da casa apontou para uma capela em uma ladeira vizinha, foi onde ele a encontrou; seu filho (com quase três anos de idade) estava nos braços da ama; sua esposa rezava fervorosamente enquanto as lágrimas escorriam pelo rosto. Ansioso, Cyril exigiu o significado dessa cena, mas a ama soluçava; Zella continuou rezando e chorando; e o menino, em solidariedade, também começou a chorar. Isso era demais para um homem suportar. Cyril deixou a capela e se inclinou contra uma nogueira, sua primeira exclamação foi no grego habitual:

– Que seja bem-vindo este infortúnio, desde que venha sozinho!

Mas que infortúnio era esse? Ainda não estava visível; porém, o espírito do mal é mais fatal quando permanece oculto. Cyril era feliz: tinha uma esposa adorável, uma criança em pleno crescimento, um lar pacífico, competência e perspectiva de riqueza; essas bênçãos eram só suas. No entanto, quantas vezes

Fortuna[13] usa essas bênçãos como chamarizes? Ele era um cativo em uma terra escravizada, um sujeito mortal submetido aos elevados destinos, e dez mil eram os dardos envenenados que poderiam ser lançados à sua cabeça devota. Acanhada e trêmula, Zella voltou da capela: sua explicação não acalmou os medos de Cyril. Mais uma vez o Mau Olhado pairava sobre o seu filho. Certamente, uma grande perversidade espreitava nessa segunda visita. O mesmo homem, um arnaut, com braços brilhantes, roupas vistosas, montado em um corcel preto, veio do bosque vizinho e, cavalgando furiosamente até a porta, subitamente deteve e freou o cavalo na soleira. O menino correu em sua direção: o arnaut lançou os olhos sinistros sobre ele:

– Como és adorável, viçosa criança – exclamou – teus olhos azuis são um arco de luz, tuas tranças douradas lindas de se ver; mas tu és uma visão tão fugaz quanto bela; olhe para mim! – O inocente olhou para cima, gritou e caiu ofegante no chão. As mulheres se apressaram para pegá-lo; o albanês bateu com as esporas no cavalo e logo foi perdido de vista, galopando rapidamente pela pequena planície e subindo a colina arborizada. Zella e a ama carregaram o menino até a capela, respingaram-lhe água benta e, enquanto era

[13] Na mitologia romana, Fortuna é a deusa do acaso, da sorte (boa ou má), do destino e da esperança. Corresponde à divindade grega Tique. (N.T.)

reanimado, rogavam à Panagia[14] com orações fervorosas a fim de salvá-lo das ameaças.

Várias semanas se passaram; o pequeno Constans crescia tanto em inteligência quanto em beleza; nenhuma moléstia havia visitado o fruto do amor e seus pais descartaram o medo. Às vezes, Cyril se divertia com uma piada às custas do Mau Olhado; mas Zella achava que rir dava azar, e fazia o sinal da cruz sempre que o evento era aludido. Nesse ínterim, Katusthius visitou a residência do casal.

– Estou a caminho de Istambul – disse – e vim saber se posso ajudar meu irmão em algum dos negócios na capital – Cyril e Zella o receberam com um carinho cordial: alegraram-se ao perceber que o amor fraterno estava começando a aquecer o coração dele. Mostrava-se cheio de ambição e esperança: os irmãos debateram suas perspectivas, a política da Europa e as intrigas do Fanar. Até mesmo os assuntos mesquinhos de Corinto foram temas da conversa, além da probabilidade de que, em pouco tempo, jovem como era, Cyril seria nomeado como Codja-Bashee[15] da província. No dia seguinte, Katusthius se preparou para partir.

---

[14] "Panagia", em grego medieval e moderno, é um dos títulos de Maria, termo usado principalmente no catolicismo oriental e no cristianismo ortodoxo. (N.T.)

[15] Título dado para uma espécie de "prefeito" grego durante a dominação otomana. (N.T.)

– Caros irmão e irmã, o exilado voluntário pede um favor: poderiam me acompanhar por algumas horas até *Napoli*[16], onde irei embarcar?

Zella não estava disposta a sair de casa, mesmo que por um curto intervalo; mas foi persuadida e seguiram juntos por vários quilômetros em direção à capital da Moreia. Ao meio-dia fizeram uma refeição à sombra de um bosque de carvalhos e depois se separaram. Voltando para casa, o casal agradeceu a vida tranquila e uma felicidade pacífica, que contrastava com os prazeres solitários e errantes do viajante. Esses sentimentos se intensificaram conforme se aproximavam de sua morada e antecipavam a acolhida balbuciante do filho idolatrado.

De uma elevação, contemplaram o vale fértil onde moravam: ele estava localizado no lado sul de um istmo. Avistaram o Golfo de Egina: tudo era verdejante, tranquilo e belo. Desceram pela planície e um aspecto singular atraiu sua atenção. Um arado, com sua junta de bois, havia sido abandonado no meio do sulco; os animais o arrastaram para o lado do campo e se esforçaram para descansar, conforme a articulação permitia. O sol já tocava as fronteiras ocidentais e os cumes das árvores estavam dourados

[16] Não confundir com a cidade italiana de Nápoles. Aqui, "Napoli" é o nome italiano para Náuplia, cidade que servia de porto na Moreia. (N.T.)

pela luz de seus feixes. Tudo estava quieto; até mesmo a eterna roda d'água estava quieta; nenhum sinal de trabalhadores em seus habituais ofícios. Da casa, uma voz de lamento era muito nítida.

– Meu filho! – Zella exclamou. Cyril começou a tranquilizá-la; mas outro pranto surgiu e ele se apressou. Ela desabou e o teria seguido, mas afundou na valeta da estrada.

Seu marido voltou:

– Coragem, minha amada – clamou – não descansarei noite e dia até que Constans retorne para nós. Confie em mim. Adeus! – com essas palavras, ele rapidamente montou no cavalo e partiu.

Enfim, seus piores medos foram confirmados; seu coração de mãe, tardio e alegre, tornou-se a morada do desespero, enquanto a narrativa da ama sobre o triste acontecimento acrescentou mais temor ao medo.

Assim narrou: o mesmo forasteiro do Mau Olhado tinha aparecido, não como antes, abatendo em velocidade de águia, mas como se viesse de uma longa viagem; o cavalo coxo, com a cabeça inclinada; o homem coberto de poeira, aparentemente pouco capaz de se manter sentado. "Pela vida do menino", disse, "dê um copo de água para um homem que desmaia de sede". Com Constans no colo, a ama pegou uma cumbuca com o líquido desejado e ofereceu ao forasteiro. Seus lábios secos tocaram a água e o recipiente caiu de suas mãos. As mulheres tentaram entrar, enquanto ele, no mesmo instante em que avançava sobre elas, arrancou com força a criança dos braços da ama. Partiu imediatamente com o menino – na velocidade de uma flecha atravessou a planície, enquanto os gritos e clamores de socorro da ama convocavam todos os outros criados. Seguiram na pista do sequestrador, mas ninguém retornou. Quando anoiteceu, voltaram um a um; estavam de mãos vazias; tinham vasculhado o bosque e atravessado as colinas – não conseguiram descobrir nem a rota que o albanês havia tomado.

Na manhã seguinte, Cyril retornou: exausto, abatido e infeliz; não tinha conseguido nenhuma notícia do filho. No outro dia partiu novamente em sua busca e não retornou por vários dias. Zella passava o tempo impaciente – ora sentada, em um desânimo desesperado, ora subindo a colina vizinha para ver se conseguia enxergar o marido se aproximando. Portanto, ela não se permitia ficar muito tempo tranquila; os criados amedrontados, deixados de guarda, avisaram que os semblantes selvagens de vários arnauts tinham sido vistos rondando as proximidades; ela mesma viu um vulto alto, revestido de um capote branco desgrenhado, furtivamente rodeando o promontório, que, ao vê-la, recuou. Em uma das noites, a bufada e o trote de um cavalo a despertaram. Não do sono, mas da sensação de segurança. Por mais infeliz que fosse a mãe desamparada, ela se sentia, em seu íntimo, quase que imprudente em relação ao perigo; mas não estava só, pertencia a uma pessoa além do significado da palavra "amada"; e o dever, assim como o afeto por essa pessoa, impunha a autopreservação. Cyril, mais uma vez, retornou: estava mais abatido e triste do que antes; mas havia mais determinação em seu cenho, mais energia nos movimentos; ele tinha uma pista, mas isso só poderia levá-lo às profundezas do desespero.

Descobriu que Katusthius não havia embarcado em *Napoli*. Que ele tinha se juntado a um bando de arnauts que se espreitava por Basilika[17], e prosseguiu rumo a Patras com o Protoclefte[18]; a partir daí partiram juntos em uma canoa para as margens norte do golfo de Lepanto: não estavam sozinhos, carregavam uma criança envolta em um sono profundo. O sangue do infeliz Cyril esfriou quando pensou nos feitiços e magias dos quais o filho estava, provavelmente, sob efeito. Teria seguido os sequestrado-

[17] Pequeno vilarejo perto de Corinto, Shelley chama de "Vasilico". (N.T.)
[18] Nome dado ao líder dos "cleftes". (N.T.)

res de perto, não fosse o relato que chegou até ele: que o restante dos albaneses tinha prosseguido para o sul, em direção a Corinto. Ele não podia entrar em uma longa busca errante pelo agreste inacessível de Épiro, deixando Zella exposta aos ataques desses bandoleiros. Voltou para consultá-la e elaborar algum plano de ação que garantisse a sua segurança de forma imediata, prometendo sucesso nos esforços.

Após alguma hesitação e discussão, foi decidido que ele deveria primeiro levá-la até a sua terra natal, consultar o pai dela sobre os atuais planos e ser guiado por sua experiência bélica antes de se apressar rumo ao foco do perigo. O sequestro do seu filho poderia ter sido apenas uma isca e não seria conveniente ao único protetor daquela criança e da esposa partir a esmo, sem nenhuma prudência.

Zella, de forma inexplicável, com seus olhos azuis e tez brilhante, contradizia o seu nascimento: era filha de um maniota. Ainda temidos e abominados pelo resto do mundo, assim como os habitantes do Cabo Tênaro, os maniotas também são celebrados por suas virtudes domésticas e pela força de seus afetos. Zella amava o pai e a memória de sua casa rochosa e resistente, da qual ela havia sido arrancada em uma ocasião adversa. Vizinhos dos maniotas, habitando a porção mais rude e inculta de Maina, estão os kakaboulia[19], um povo sombrio e duvidoso, de formas encurvadas e mirradas, em forte contraste com o molde tranquilo do semblante característico dos maniotas. Os dois grupos estão envolvidos em disputas perpétuas; a morada circundando o mar que compartilham proporciona, ao mesmo tempo, um lugar seguro de refúgio do inimigo estrangeiro e todas as facilidades do conflito montanhês interno.

Uma vez, durante uma viagem costeira, Cyril tinha sido levado pela instabilidade do tempo à pequena baía cujas margens se situam na cidadezinha de Kardamyla. Em um primeiro momento, a tripulação temia ser capturada pelos piratas; mas ficou tranquila ao encontrá-los totalmente ocupados por suas brigas domésticas. Um grupo de kakaboulia sitiava a rocha acastelada com vista para Kardamyla, bloqueando a fortaleza na qual o *capitano* maniota e sua família haviam se refugiado. Assim, dois dias se passaram, enquanto furiosos ventos contrários detinham Cyril na baía.

Na terceira noite, a tempestade diminuiu e uma brisa terrestre prometeu libertá-los de sua condição perigosa; quando, à noite, no momento em que estavam prestes a sair da costa em um barco, foram sau-

---

[19] Palavra grega para "feroz e cruel", termo designado para pessoas que habitavam o sul da Grécia, dentro da região de Maina. (N.T.)

dados por um grupo de maniotas, e um deles, uma velha figura de liderança, exigiu uma conversa. Ele era o *capitano* de Kardamyla, o chefe da fortaleza, agora atacada por seus implacáveis inimigos. Ele não via saída: seria derrubado e seu principal desejo era salvar seu tesouro e sua família das mãos dos inimigos. Cyril consentiu em recebê-los a bordo: o grupo era formado por uma mãe idosa, uma *paramana*[20], e uma jovem e bela menina, filha do *capitano*.

Cyril as conduziu em segurança até *Napoli*. Logo depois, a mãe do *capitano* e a *paramana* retornaram à sua cidade, enquanto, com o consentimento do pai, a bela Zella se tornou a esposa de seu protetor. Desde então, a sorte desse maniota tinha florescido e ele ocupou o topo da hierarquia, se tornou chefe de um grande grupo, o novo *capitano* de Kardamyla.

Acolá então foram os pais desafortunados, em busca de reparação; subiram a bordo de uma pequena embarcação que desceu o Golfo de Egina, atravessou as ilhas de Skyllo e Citera e o ponto mais extremo de Tarus. Favorecidos por ventos prósperos, chegaram ao porto desejado e desembarcaram no hospitaleiro palacete do velho Camaraz. Ele ouviu a história deles com indignação; jurou por sua barba

[20] Termo grego que especifica a criada acompanhante de uma esposa. (N.T.)

mergulhar seu punhal no mais puro sangue de Katusthius e insistiu em acompanhar o genro em sua expedição a Albânia. Não houve tempo perdido, o marinheiro de cabelo grisalho, ainda cheio de energia, apressou cada um dos preparativos. Cyril e Zella se despediram; mil medos, mil horas de sofrimento se levantaram entre os dois, que há pouco haviam partilhado a perfeita felicidade. O mar turbulento e as terras distantes eram os menores dos obstáculos que os dividiam; não temiam o pior; no entanto, a esperança, uma planta murcha, desvaneceu-se em seus corações quando ficaram devastados após um último abraço.

Zella voltou do distrito fértil de Corinto para suas rochas estéreis nativas. Sentiu que toda a alegria se foi ao ver, da costa acidentada, as velas da embarcação. Passaram-se dias e semanas e, mesmo assim, ela permaneceu na expectativa solitária e triste: nunca se juntou às danças, nem participou das assembleias das suas compatriotas, mulheres que se reuniam à noite para cantar, contar histórias, e passar o tempo na dança e na alegria. Ela se isolou na parte mais solitária da casa paterna, olhando incessantemente da treliça para o mar, ou vagando na praia rochosa. Quando uma tempestade escurecia o céu, e cada canto ficava roxo sob as sombras das nuvens de asas largas; quando o rugido da maré tempestuosa atingia a praia, e as cristas brancas das ondas que, vistas de longe sobre a planície oceânica pareciam rebanhos de ovelhas tosquiadas, espalhadas ao longo das largas ondulações, ela não sentia a ventania nem o frio cruel, nem voltava para casa até ser lembrada por seus anfitriões. Obedecendo a eles, para não se demorar, Zella procurava o abrigo da casa, pois os ventos selvagens falavam com ela, e o tempestuoso oceano repreendia a sua tranquilidade. Incapaz de controlar o impulso, ela se afastava de sua morada no penhasco, sem se lembrar, até chegar à margem, que seus lenços haviam sido deixados no meio do caminho da montanha, e que o véu e o traje desordenado não combinavam com essa cena.

De maneira contínua, as horas indefinidas se aceleravam, enquanto essa órfã da felicidade se inclinava sobre uma rocha fria e escura; os penhascos baixos se sobrepunham a ela, as ondas quebravam aos seus pés, seus belos membros eram tingidos por um jato, suas tranças se desfaziam com o vendaval. Ela chorava desesperadamente até que uma vela aparecia no horizonte; então, secava as lágrimas que fluíam, fixando seus olhos grandes no casco que se aproximava ou na vela de proa desbotada. Enquanto isso, a tempestade revirava as nuvens em mil formas gigantescas, e o mar tumultuoso ficava mais sombrio e selvagem; sua escuridão natural era acentuada pelo horror supersticioso; as Moiras, filhas do Destino do seu solo nativo grego, uivavam na brisa; as visagens, que contavam sobre o seu filho sofrendo sob o poder do Mau Olhado, e sobre o marido, vítima de alguma bruxaria praticada na Trácia, como ainda acontece no temível vilarejo de Larissa, assombravam o seu sono fragmentado e a perseguiam como sombras terríveis através de seus pensamentos despertos.

A graça de Zella se foi, os olhos perderam o brilho, sua beleza perdeu as formas, sua força a abandonara – ainda que se arrastasse para o lugar habitual onde, mesmo que em vão, seguia observando.

O que pode ser tão assustador quanto a expectativa por más notícias? Às vezes, em meio a lágrimas, ou pior, no meio de arfadas convulsivas de desespero, nos censuramos por influenciar o destino final por meio de nossas sombrias antecipações: assim, se um sorriso coroa o lábio trêmulo de quem lamenta, é logo preso por um suspiro de agonia. Ai de mim! Não são as tranças escuras dos jovens, pintadas de cinza, ou as bochechas coradas, ambas mergulhadas em tramas tristes pelos ânimos de tais horas? A infelicidade é a visitante mais bem recebida quando vem com seu disfarce sombrio e nos envolve em preto perpétuo, pois, assim, o coração não fica mais enfermo de esperança desiludida.

Cyril e o velho Camaraz encontraram grande dificuldade em dobrar as muitas pontas da Moreia durante a expedição costeira de Kardamyla até o Golfo de Arta, ao norte de Cefalonia e St. Mauro. Ao longo da viagem, tiveram tempo para organizar os seus planos. Como estavam viajando em um grupo numeroso de moreotas, poderiam atrair a atenção; resolveram, então, desembarcar seus camaradas em diferentes pontos e viajar separadamente para o interior da Albânia; Janina foi o primeiro local de encontro. Cyril e o sogro desembarcaram em um dos riachos mais isolados que dividia as margens sinuosas e precipitadas do golfo. Outros seis escolhidos da tripulação se juntariam a eles, por outros caminhos, na capital. Não temiam pela própria vida; estavam sozinhos, mas bem armados. Assegurados pela coragem do desespero, penetraram nas fortificações do Épiro. Nenhum sucesso os estimulou: chegaram a Janina sem nenhuma descoberta. Lá se uniram aos outros camaradas, que foram orientados a permanecer por três dias na cidade e depois seguir, separadamente, em direção à Tepelene, para onde foram de imediato.

No primeiro vilarejo do trajeto, na "monástica Zitza"[21], conseguiram algumas informações – não para orientar, mas para encorajar os esforços. Procuraram descanso e hospitalidade no mosteiro situado em uma elevação verde, coroada por um bosque de carvalhos, logo atrás do vilarejo. Talvez não exista no mundo outro lugar tão bonito e tão romântico, abrigado por árvores aglomeradas, que olham para uma paisagem de colina e vale, enriquecida por vinhedos e pontilhada por rebanhos frequentes, enquanto os Calamas nas profundezas do vale dão vida à cena; e as montanhas azuis distantes de Tzoumerka, Zagori, Sulli, e Acroceraunia, cada uma em um ponto cardeal, ocupam todas as perspectivas. Cyril tinha uma certa inveja dos caloyers[22] por sua tranquilidade inerte. Embora fossem simples nos modos, eles receberam os viajantes de bom grado e foram cordiais.

Quando questionaram os moreotas a respeito do objetivo da viagem, eles simpatizaram de forma afetuosa com a ansiedade do pai, e avidamente contaram tudo o que sabiam. Há dois naufrágios atrás, um arnaut, conhecido como Dmitri d'O Mau Olhado, um famoso clefte de Korvo, além de um moreota, chegaram, trazendo com eles uma criança; um

---

[21] Byron, "Childe Harold's Pilgrimage", parte II, verso XLVIII. (N.A.)

[22] Como se chamavam os monges na igreja grega. (N.T.)

esperto, espirituoso e belo menino que, com determinação acima de sua idade, reivindicou a proteção dos caloyers, acusando os acompanhantes de o terem arrancado dos pais à força.

– Que me arranquem a cabeça! – exclamou o albanês – que Palikar corajosinho; ele mantém sua palavra, irmão. Ele jura pela Panagia, mesmo com nossas ameaças de atirá-lo de um precipício, virando comida de abutre, nos acusa perante os primeiros homens bons que encontra: não esmorece diante do Mau Olhado, nem recua com nossas ameaças.

Katusthius franziu o cenho a esses elogios e ficou evidente, durante a estadia deles no mosteiro, que o albanês e o moreota brigavam quanto ao destino da criança. O robusto montanhista desprezava toda a sua austeridade quando olhava para o menino. Quando o pequeno Constans dormia, se aproximava sobre ele, com a diligência de uma mulher, e espantava as moscas e os mosquitos. Quando o menino falava, Dmitri respondia com expressões de carinho, trazendo-lhe presentes, ensinando-lhe, já que era pequeno, uma imitação de exercícios bélicos. Quando o menino se ajoelhou e suplicou à Panagia para que fosse devolvido aos pais, com sua voz vacilante e infantil, as lágrimas correndo pelo rosto, os olhos de Dmitri transbordaram; ele jogou o manto sobre o rosto e seu coração sussurrou... "assim, minha criança orou. O céu estava surdo... ai de mim! Onde está Panagia?"

Encorajado por tais sinais de compaixão, os quais as crianças são rápidas a perceber, Constans enroscou os braços em volta do pescoço do arnaut, dizendo que o amava e que, se o levasse de volta para Corinto, lutaria por ele quando fosse adulto. Com essas palavras, Dmitri se apressou, pegou Katusthius, protestou até que o implacável homem o questionasse, lembrando-lhe de seu juramento. Ele ainda prometeu que nenhum fio de cabelo da criança seria tocado; enquanto o tio, insensível ao remorso, meditava sobre a sua destruição. As disputas que surgiram a partir de então foram frequentes e violentas; até que Katusthius, cansado da oposição, recorreu a artimanhas para atingir seu objetivo.

Uma noite ele deixou o mosteiro em segredo, levando a criança. Quando Dmitri soube da fuga, os bons caloyers temiam até olhar para o homem; eles, de forma instintiva, agarraram cada pedaço de ferro que conseguiam segurar, para afastar o Mau Olhado que reluzia com uma ferocidade natural e intensa. Em pânico, um grupo deles correu para a porta de ferro que era a saída da casa; com uma força de leão, Dmitri os afastou, empurrou a porta e, com a rapidez de uma torrente alimentada pelo descongelamento da neve na primavera, atirou-a pela colina íngreme. O voo de uma águia não era tão rápido, nem o percurso de uma fera selvagem tão certeiro.

Essas foram as pistas dadas a Cyril. Demoraria muito para seguir Dmitri em sua próxima empreitada; o pai e o avô perambularam pelo vale de Argyrocastro e subiram o Monte Trebucci até Korvo. Dmitri estava de volta. Dessa vez reuniu um bom número de camaradas fiéis e partiram preparados; muitos foram os relatos sobre o seu destino e o que pretendia fazer.

Um desses relatos levou nossos aventureiros a Tepelene e, por consequência, de volta a Janina, mais uma vez sendo favorecidos pelo acaso. Descansaram uma noite na morada de um padre na pequena aldeia de Mosme, cerca de quinze quilômetros ao norte de Zitza. Ali, encontraram um arnaut que ficou inválido por conta de uma queda de cavalo; esse homem tinha pertencido ao bando de Dmitri: descobriram que Mau Olhado havia seguido Katusthius de perto, obrigando-o a se refugiar no mosteiro do Profeta Elias, situado em um pico elevado das montanhas de Sagori, a oito quilômetros de Janina. Dmitri perseguiu o moreota e exigiu a criança. Os monges se recusaram a entregar o menino, e o clefte, incitado pela indignação insana, sitiou e arrombou o mosteiro, a fim de obter à força o objeto do afeto recém-descoberto.

Em Janina, Camaraz e Cyril reuniram seus camaradas e partiram para se juntar ao aliado involuntário. Ele, mais impetuoso do que uma correnteza de montanha ou as ondas mais ferozes do oceano, lançou o terror no coração dos homens reclusos com ataques incessantes e destemidos. Já Katusthius, para encorajá-los a resistir, pois havia deixado a criança para trás no mosteiro, partiu rumo à cidade mais próxima de Sagori para implorar ao seu Belouk-Bashee que viesse ajudá-los.

Os sagorianos são um povo tranquilo, amável e sociável; são alegres, sinceros e inteligentes; sua bravura é reconhecida no mundo inteiro, até pelos montanhistas mais bárbaros de Tzoumerkas. No entanto, roubos, assassinatos e outros atos de violência são desconhecidos entre eles. Essas boas pessoas ficaram muito indignadas quando souberam que um bando de arnauts estava sitiando e arrombando o sagrado retiro de seus caloyers queridos. Organizaram-se em uma valente tropa e, levando Katusthius com eles, se apressaram a afugentar os insolentes cleftes de volta para sua fortaleza rudimentar.

Porém, chegaram tarde demais. À meia-noite, enquanto os monges rezavam fervorosamente para serem libertados dos inimigos, Dmitri e seus seguidores derrubaram a porta de ferro e entraram no recinto sagrado. O protoclefte se aproximou do portão do santuário e, colocando as mãos sobre ele, jurou que veio para salvar, não para destruir. Constans o viu. Com um grito de alegria, desprendeu-se do monge que o segurava e correu para os braços do Mau Olhado: era triunfo o suficiente. Com garantias de sincero pesar por tê-los perturbado, o clefte deixou a capela com seus seguidores, levando seu troféu com ele.

Algumas horas depois, Katusthius voltou de Sagori: tão bem o traidor defendeu sua causa com os gentis sagorianos, lamentando o destino de seu sobrinho entre esses homens maus, que eles se ofereceram para ir atrás do menino; e, como eram maior em números, resgatá-lo de mãos destrutivas. Satisfeito com a proposta, Katusthius incitou a partida imediata da tropa. Ao amanhecer, começaram a subir os cumes das montanhas, já pisoteadas pelos Tzoumerkianos.

Encantado com o retorno de seu pequeno favorito, Dmitri o colocou diante do cavalo e, seguido por seus camaradas, fez o caminho sobre as montanhas elevadas, cobertas com os velhos carvalhos de Dodona e, nos cumes mais altos, por pinheiros escuros gigantescos. Prosseguiram por algumas horas e desmontaram para descansar. O local escolhido foi a depressão de uma ribanceira sombria, cuja escuridão era intensificada pelas largas sombras de densos azevinhos; um emaranhado de vegetação rasteira e uma polvilhada de rochas isoladas e escarpadas dificultaram a manutenção do pé dos cavalos. Eles desmontaram e se sentaram junto ao pequeno riacho. Sua comida simples foi posta à disposição e Dmitri atraiu o garoto para comer com muitos afagos.

De repente, um dos homens que estava de guarda trouxe a informação de que uma tropa de sagorianos, guiada por Katusthius, estava saindo do mosteiro de São Elias; outro homem alertou sobre a aproximação de seis ou oito moreotas bem armados, que estavam vindo pela estrada de Janina. Rapidamente, qualquer sinal de acampamento desapareceu. Os arnauts começaram a subir as colinas, escondendo-se sob as rochas e atrás dos grandes troncos das árvores silvestres, permanecendo dessa forma até que os invasores estivessem entre eles. Logo surgiram os moreotas, dando a volta no desfiladeiro, em um caminho que só lhes permitia prosseguir de dois em dois; não tinham consciência do perigo e caminharam de forma descuidada, até que um tiro que passou por cima da cabeça de um deles, atingindo o ramo de uma árvore, tirou-os da segurança.

Os gregos, acostumados com o mesmo método de guerra, também se dedicaram às salvaguardas das rochas, atirando por detrás delas, lutando contra seus adversários que deveriam chegar à posição mais elevada, pulando de rocha em rocha, despencando e atirando tão rápido quanto pudessem carregar as armas. Porém, um homem velho permaneceu no caminho. Camaraz, marinheiro, tinha muitas vezes encontrado o inimigo no convés de sua embarcação, e ainda assim teria se precipitado em um embarque, mas essa batalha exigia muita ação. Cyril o chamou para se abrigar sob uma pedra baixa e larga. O maniota acenou:

– Não tema por mim – clamou – eu sei como morrer! – o valente ama o valente. Dmitri viu o velho de pé, sem vacilar, um alvo para todas as balas. Detrás de seu anteparo, pediu que os homens cessassem fogo. Em seguida, dirigindo-se ao inimigo, berrou:

– Quem és tu? Por que estás aqui? Se viestes em paz, prossigas o seu caminho. Respondeis, e não temeis!

O velho se levantou, dizendo:

– Eu sou um Maniota e não tenho medo. Todos os gregos tremem diante dos piratas do Cabo Matapan, e eu sou um desses! Eu não venho em paz! Veja! Você tem em seus braços a causa da nossa discórdia! Eu sou o avô deste menino... devolvam ele!

Se Dmitri estivesse segurando uma cobra, a qual ele sentiu despertar no peito, não conseguiria mudar repentinamente os ânimos:

– A prole de um maniota!

Ele relaxou o braço. Constans teria caído se não tivesse segurado o seu pescoço. Enquanto isso, todos os grupos desceram de seus postos rochosos e se juntaram no caminho inferior. Dmitri arrancou a criança do pescoço; sentiu como se pudesse, com um deleite selvagem, arrastá-lo pelo precipício. Enquanto ele pausava e tremia com o excesso de emoção, Katusthius e a vanguarda sagoriana caíram sobre eles.

– Detenha-se! – exclamou o arnaut enfurecido – Veja, Katusthius! Veja, amigo a quem eu renunciei de forma insana e perversa, induzido pelas incansáveis Moiras! Agora cumpro o teu desejo. A criança maniota morre! O filho da maldita espécie será vítima da minha justa vingança.

Cyril, em um movimento de medo, se apressou em subir na rocha; nivelou o mosquete, porém, temia sacrificar o próprio filho. Já o velho maniota, menos acanhado e mais desesperado, assumiu uma mira mais firme; Dmitri percebeu o gesto e atirou a adaga, já levantada contra a criança, em direção ao velho. A adaga entrou de lado, enquanto Constans, sentindo o aperto de seu atual protetor afrouxar, saltou para os braços do pai.

Camaraz caiu, mas o seu ferimento era leve. Ele viu os arnauts e sagorianos se aproximarem; viu seus próprios companheiros serem feitos de prisioneiros. Dmitri e Katusthius se jogaram sobre Cyril, lutando para se apoderarem do menino que gritava. O velho maniota se levantou, tinha os membros fracos mas seu coração era forte; ele se lançou diante do genro e do neto, agarrando o braço levantado de Dmitri.

– Que toda tua vingança caia sobre mim! – gritou – Eu, de estirpe maligna! O menino é inocente de sua linhagem! Maina não pode ostentá-lo como um filho!

– Homem de mentiras! – começou o arnaut enfurecido – Esta falsidade não te sustentará!

– Não, escute, pelas almas daqueles que você já amou – continuou Camaraz – que morram eu e meus filhos se eu não honrar minhas palavras! O pai do menino é um corinto, e a mãe, uma mulher de Chio!

– Chios! – a mera menção da palavra fez o sangue recuar para o coração de Dmitri.

– Vilão! – gritou, pondo de lado o braço de Katusthius, que foi levantado diante do pobre Constans – Eu protejo esta criança, não se atreva a feri-la! Fala, velhote, e não temas, já que falas a verdade.

– Há quinze anos – disse Camaraz – eu flutuava na costa de Chios, com minha jangada, em busca de alimento. Uma casa de campo ficava na beira de um bosque de castanheiros, era a morada da viúva de um rico ilhéu. A mulher vivia ali com sua única filha, casada com um albanês, ausente naquela época; a boa mulher foi informada de que teria um tesouro escondido na sua casa. A própria menina seria parte do rico espólio, era uma aventura pela qual valia a pena correr o risco. Subimos um riacho sombrio e, ao descer da lua, desembarcamos; andamos nas pontas dos pés, sob o esconderijo da noite, em direção à morada solitária dessas mulheres.

Dmitri agarrou o cabo do seu punhal, que não estava mais ali; ergueu um pedaço da pistola de seu cinturão; o pequeno Constans, confiando novamente em seu antigo amigo, estendeu as mãos infantis e se agarrou ao seu braço; o clefte olhou para ele, cedendo um pouco ao desejo de abraçá-lo, mas também temendo ser enganado; então, afastou-se, jogando o capote sobre seu rosto, cobrindo sua angústia e controlando as emoções, até que tudo fosse dito.

– Transformou-se em uma tragédia pior do que eu havia previsto. A moça tinha uma criança, ela temia por esta vida e lutava contra os homens como uma tigresa defendendo os seus filhotes. Eu estava em outro aposento, procurando o depósito secreto, quando um grito penetrante rasgou o ar (antes, eu nunca soube o que era compaixão), esse grito foi direto para o meu coração, mas era tarde demais: a pobre moça tinha mergulhado no chão e a vida jorrado do peito. Não sei o motivo, mas senti o pesar desse assassinado como se fosse uma mulher. Eu queria ter levado a bordo a moça e sua filha, para ver se algo poderia ser feito para salvá-la, mas ela morreu antes de sairmos da costa. Pensei que ela gostaria mais de ter um túmulo na sua ilha, e tive muito medo de que ela pudesse virar uma vampira para me assombrar, caso eu a levasse; então deixamos o seu corpo para os padres enterrarem, e levamos a criança, que tinha cerca de dois anos de idade. Ela conseguia falar poucas palavras além do próprio nome, que era Zella. Ela é a mãe deste menino!

Uma sucessão de desembarques na baía de Kardamyla tinha mantido a pobre Zella atenta por muitas noites. Sua anfitriã, desesperada para vê-la dormir novamente, drogou a mulher colocando ópio na pouca comida que ela aceitava, mas a infeliz mulher não levou em conta o poder da mente sobre o corpo, do amor sobre todos os inimigos dispostos contra ele, físicos ou morais. Zella estava deitada no sofá, com a mente reduzida mas o coração vivo e os olhos abertos. Durante a noite, levada por um impulso inexplicável, ela rastejou até a grade e viu uma pequena embarcação entrar na baía; flutuava depressa, sob o vento, e foi perdida de vista debaixo de um penhasco pontiagudo. A mulher caminhou suavemente pelo chão de mármore do quarto, enrolou-se em um grande xale, desceu o caminho rochoso e alcançou, com passos rápidos, a praia, seguindo até que a embarcação desaparecesse. Zella achava que era fruto da sua imaginação excitada. Mesmo assim, permaneceu ali.

Ela sentia uma dor no peito sempre que tentava se mover; suas pálpebras estavam pesadas. O desejo de dormir finalmente se tornou irresistível: ela se deitou sobre as telhas, repousou a cabeça sobre o travesseiro frio e duro, dobrou o xale para mais perto de si e se entregou ao esquecimento.

Zella adormeceu tão profundamente sob o efeito do opiáceo que, por muitas horas, ficou insensível a qualquer acontecimento. Aos poucos foi acordando e aos poucos foi tomando consciência dos objetos ao seu redor; a brisa era pura e fresca, como é sempre na costa banhada por ondas; as águas ondulavam ali perto, e o som desse movimento entrava em seus ouvidos quando ela se rendeu para descansar; mas este não era seu sofá pedregoso, não era a cobertura, nem o penhasco escuro.

De repente, levantou a cabeça: estava no convés de uma pequena embarcação, que escumava rapidamente sobre as ondas do oceano; um manto de couro almofadava a sua cabeça; as margens do Cabo Matapan estavam à sua esquerda, e a embarcação seguia à direita, rumando para o sol do meio-dia. Em vez de medo, foi tomada por surpresa: com uma mão rápida, desviou a vela que a escondia da tripulação. O temido albanês estava sentado ao seu lado, com Constans embalado nos braços. Zella soltou um grito, Cyril reagiu a ele e, em instantes, recolheu a esposa com seu abraço.

Sobre a autora

A inglesa Mary Shelley (1797-1851), além de autora de romances e contos, foi dramaturga, ensaísta, biógrafa e editora. Logo no seu primeiro romance, *Frankenstein* (1818), demonstrou talento e perspicácia em capturar elementos narrativos e estéticos da época, elaborando um projeto de escrita muito peculiar, o que é possível perceber nos contos desse livro e em outros romances como *O Último Homem* (1826). *Frankenstein* é considerado o romance precursor da Ficção Científica e um acontecimento incontornável na história da literatura.

Sobre a tradutora

Emanuela Siqueira é tradutora e pesquisadora nos estudos feministas de tradução e crítica literária.

Este livro foi produzido no Laboratório Gráfico
Arte & Letra, com impressão em risografia, serigrafia
e encadernação manual.